MADALENA

RODRIGO ALVAREZ

MADALENA

As memórias da mulher que acompanhou Jesus
até o Calvário, foi silenciada pelos homens,
enfrentou ciúmes e teve sua dignidade questionada
antes de finalmente ser reconhecida como apóstola

Ficção histórica

1ª edição

EDITORA RECORD
RIO DE JANEIRO • SÃO PAULO
2025

CIP-BRASIL. CATALOGAÇÃO NA PUBLICAÇÃO
SINDICATO NACIONAL DOS EDITORES DE LIVROS, RJ

A475m
 Alvarez, Rodrigo
  Madalena : as memórias da mulher que acompanhou Jesus até o calvário, foi silenciada pelos homens, enfrentou ciúmes e teve sua dignidade questionada antes de finalmente ser reconhecida como apóstola / Rodrigo Alvarez. - 1. ed. - Rio de Janeiro : Record, 2025.

  ISBN 978-85-01-92012-6

  1. Ficção brasileira. 2. Ficção histórica. I. Título.

24-95561   CDD: 869.3
     CDU: 82-3(81)

Gabriela Faray Ferreira Lopes - Bibliotecária - CRB-7/6643

Copyright © Rodrigo Alvarez, 2018, 2025

Todos os direitos reservados. Proibida a reprodução, armazenamento ou transmissão de partes deste livro, através de quaisquer meios, sem prévia autorização por escrito.

Todos os esforços foram feitos para localizar os fotógrafos das imagens neste livro. A editora compromete-se a dar os devidos créditos em uma próxima edição, caso os autores as reconheçam e possam provar sua autoria.
Nossa intenção é divulgar o material iconográfico que marcou uma época, sem qualquer intuito de violar direitos de terceiros.

Texto revisado segundo o Acordo Ortográfico da Língua Portuguesa de 1990.

Direitos exclusivos desta edição reservados pela
EDITORA RECORD LTDA.
Rua Argentina, 171 – Rio de Janeiro, RJ – 20921-380 – Tel.: (21) 2585-2000.

Impresso no Brasil

ISBN 978-85-01-92012-6

Seja um leitor preferencial Record.
Cadastre-se no site www.record.com.br
e receba informações sobre nossos
lançamentos e nossas promoções.

Atendimento e venda direta ao leitor:
sac@record.com.br

Para Alice Maria
Ana Branco
Ana Cristina
Ana Maria
Ana Paula
Angela
Audrey
Auzinei
Benedita
Chrystiane
Daniella
Edna
Francisca
Gelza
Hilda
Isadora
Leila
Lélia
Luzia
Maria
Maria Cristina
Maria Teresinha
Marília
Martha
Monalisa
Tânia
Vera Maria
E todas aquelas que, como Madalena,
engrandecem este mundo.

Apresentação

Sou apaixonada por história, e a história de Jesus Cristo sempre me encantou. Sua vida e sua mensagem são um marco que transcende o tempo e as religiões.

Mas, entre tantas personagens que estiveram ao lado de Jesus, uma me deixou fascinada – Maria Madalena, a Madalena dos textos bíblicos, uma das muitas mulheres próximas a Jesus, mas com um papel que ao longo dos séculos foi cercado de mistérios, silêncios e muitas distorções. Sempre me perguntei: e se tivéssemos tido o privilégio de ler um texto escrito por Maria Madalena? Como seria a história sob o ponto de vista de uma mulher? Que Evangelho ela nos deixaria?

Mas agora Rodrigo Alvarez nos entrega isso. Com o rigor da pesquisa e a sensibilidade que lhes são tão característicos, ele nos dá uma visão única e muito emocionante de Maria Madalena. Uma mulher à frente do seu tempo: seguidora leal de Jesus, a que esteve ao seu lado nos momentos mais desafiadores, acompanhando-o até o calvário e sendo a primeira testemunha de sua ressurreição. A Madalena como eu imaginava.

Rodrigo é um dos grandes jornalistas e escritores brasileiros da atualidade. Autor de obras que exploram espiritualidade, história e humanidade, ele consegue transformar temas tão complexos em narrativas acessíveis e emocionantes; e este seu livro é mais um exemplo do impacto que as suas histórias têm em nós. *Madalena* de Rodrigo é mais do que um romance histórico, é uma *reimaginação* poderosa da vida de uma mulher cuja proximidade com Jesus foi tanto uma bênção quanto um fardo. Silenciada por séculos, Madalena finalmente ganhou voz – e que voz! Ao abrir estas páginas embarcamos em uma jornada espiritual e transformadora. E o melhor: temos a possibilidade de refletirmos sobre a força das mulheres que moldaram a história mesmo quando tentaram silenciá-las. O livro nos mostra tantas outras Madalenas. De Priscila, sacerdotisa no primeiro século, a Maria da Penha.

Aqui está a Madalena, a apóstola dos apóstolos, questionadora, provocativa e o mais importante: uma mulher que propagou o amor exatamente como Jesus pregava.

Prepare-se para se emocionar, refletir e, acima de tudo, conhecer a história de Maria Madalena como você nunca ouviu antes. E, ao final, se apaixonar ainda mais por ela.

E, se me permitem uma pergunta final: teria sido Jesus feminista? Obrigada, Rodrigo, por me trazer essa reflexão.

Astrid Fontenelle

1

Resolvi contar minha história

Sinto algo se mexendo dentro de mim. Alegro-me como se este fosse o primeiro dia de um verão pelo qual esperei ansiosa. Meus olhos ficam cegos por alguns instantes. Sinto o cheiro da terra que se molhou com a chuva que acaba de ir embora. Sinto tudo com uma intensidade que me parecia perdida, e sou tomada por um sentimento de completude e alegria que deixei de sentir no dia em que me despedi do meu mestre para nunca mais voltar a vê-lo.

Depois de muito tempo adormecida, estou vendo o mundo outra vez. Há um monte de gente diante de mim, e tenho a impressão de que estão todos me olhando e falando de mim.

Ah, sim...

É uma procissão!

Quando os vejo saindo, recupero meu dom de sentir.

Meus instintos...

Sou Madalena outra vez.

MADALENA

Sinto-me assim ao ver minha cabeça dentro daquela escultura dourada, ou pelo menos a cabeça que dizem ter sido minha, uma relíquia guardada atrás do vidro, naquele busto dourado que a procissão vai levando a caminho da basílica que tem o meu nome.

Convenhamos...

Um crânio sem olhos, sem pele ou cabelos, por mais que seja sustentado por anjos dourados, não é a melhor imagem que poderiam ter de mim.

Mas será que isso importa, meu Deus?

No tempo em que caminhávamos pela Galileia, posso dizer com certeza que o mestre não se preocuparia com aparências. E para mim (afinal, sou eu a dona do crânio) é maravilhoso perceber que essa gente toda veio à região da Provença, no sul da França, por causa de mim.

E eles estão cantando canções para mim. Pensando em mim.

Especialmente, pensando coisas boas sobre mim. "Santa Maria Madalena, amiga fiel de Jesus Cristo!" É o que estão dizendo.

A procissão saiu de uma pensão que tem meu nome. E agora segue...

Os peregrinos levam, além do meu crânio, uma caixa dourada com um osso que dizem ter sido parte de minha perna.

Há ali também um pedaço de tecido humano que teria pertencido a meu rosto, e eles estão indo para a gruta onde dizem que rezei, que passei muito tempo rezando.

Não sei...

Não posso me lembrar de tudo. Não exatamente tudo o que vivi. Da maneira como vivi.

Mas ouça os devotos! Eu estou ouvindo...

E me alegro.

Recitam o Cântico dos Cânticos, como se até aqueles que viveram antes de nós houvessem falado de mim, dizendo que me escondi "como uma pomba na fenda de uma rocha". E em seguida pedem que eu mostre meu rosto.[1]

Imagino que a fenda na rocha seja a gruta para onde estão levando minhas relíquias, num vilarejo de nome comprido: Saint-Maximin-la-Sainte-Baume. E lá estão, de novo, os anjos, levados pelo povo em cima de um andor e conduzindo minha cabeça.

"Deixe-me ouvir sua voz, pois sua voz é suave", eles continuam recitando os Cânticos.

Como eu gostaria que ouvissem minha voz! Tenho tanto a dizer!

Fui silenciada pela força dos homens. Tratada como a última das últimas.

"E o seu rosto é lindo", eles terminam o cântico, talvez imaginando que qualquer rosto que eu tivesse haveria sido bonito.

Na Idade Média, escreveram que eu era linda, que meu corpo era bonito e proporcional, que meu rosto era atraente. Mesmo lisonjeada, preciso confessar que não sei de onde o arcebispo Rabanus Maurus tirou isso.[2]

E convenhamos...

A beleza está na imaginação desses peregrinos. Vem da fé e da devoção dessas pessoas...

Pois um crânio, por mais que seja agora uma relíquia de santa, jamais revelaria beleza.

Deve ter sido por isso que, antes que a procissão saísse, resolveram cobrir a face daquele busto dourado que sustenta o crânio. Cobriram-no com uma bela máscara, bonita mesmo... mas que não tem nada a ver com meu rosto.

Eles estão andando. Eu os acompanho.

E percebo que faz muito calor.

Desde que mataram o mestre, o mundo mudou demais...

A vida sobre esta terra ficou tão diferente, e em tantos sentidos, que o que mais me importa (sim, finalmente estou me permitindo pensar mais em mim) é que depois de muitos séculos eu deixei de ser apenas "a prostituta que testemunhou a Ressurreição" e, finalmente, estou sendo tratada como apóstola daquele a quem todos chamam Cristo.

Não era para sentir-me honrada? "Madalena, apóstola de Jesus", ouso escutar. Eles levam flores para mim.

Será que ainda é pecado sentir um pouco de orgulho? Tocam músicas para mim.

Só posso entender a homenagem como um reconhecimento por minha dedicação ao mestre naqueles anos em que caminhamos juntos pela velha Israel.

E isso é também um alívio.

Penso que, se foram capazes de mudar comigo, mudarão também a maneira de ver as outras mulheres. Ver o povo andando por essa terra francesa em um dia tão quente, aceitando o castigo do sol, tudo isso é magnífico.

Quanto esforço fazem por mim!

Sim... aguentávamos desertos ainda mais penosos em nome da fé que tínhamos no nosso Salvador. E quando estávamos a seu lado, é verdade, não pensávamos em calor ou cansaço. Mas há que se reconhecer o esforço desses peregrinos!

E espero que seja possível entender a felicidade que sinto.

Espero que ninguém veja excesso de vaidade em minhas palavras, pois, no dia em que um papa oficializou-me como Madalena Arrependida, eu vi o chão desabar debaixo das minhas sandálias.

Senti-me a pior das mulheres.

E por muitos e muitos anos ouvi barbaridades, como se eu e a Maria de Betânia fôssemos a mesma pessoa.

E eu nem concordo...

Ela não era mais pecadora que ninguém!

Do jeito que falaram, foi como se eu tivesse saído pela Galileia oferecendo meu corpo, usando óleos perfumados sobre minha pele para seduzir os homens...

Não o fiz!

Mas... e se tivesse feito?

Falam como se prostitutas fossem piores que assassinos. Enfim, falaram tudo aquilo de mim como se não fosse possível uma mulher ser apenas companheira e, muito humildemente, conselheira de Jesus nos momentos em que ele precisou.

Enquanto sigo a procissão e vejo meus mais antigos defensores, os frades dominicanos, levando minha cabeça erguida, reparo com alegria que a ex-prostituta agora merece o respeito não só deles, mas de toda a Igreja.

Quem ainda tem dúvida de que estou finalmente reconquistando um pouco do que Pedro me tomou ao fundar uma igreja em que tudo é masculino?

E penso que minha conquista, ainda que gradativa, é também uma conquista das mulheres. Meu ressurgimento é consequência de um novo tempo. Ou ainda não entenderam que meu nome só saiu das trevas porque as mulheres passaram a lutar unidas contra os abusos?

Se é verdade que me tornei um espelho da mulher moderna, é verdade também que a mulher moderna se tornou um espelho para mim.

E quando digo isso me tranquilizo.

Não estou cometendo o pecado da arrogância. Desse cálice não bebi!

E se agora posso finalmente expressar minha indignação é porque (ainda que os feminicídios pareçam sem fim) escancaramos as portas do mundo para entrar no salão principal.

Agora vão ter que nos ouvir!

E não falo apenas da mulher que esteve ao lado de Jesus até mesmo em sua morte, e em sua Ressurreição.

Refiro-me a todas, pois, sem jamais ter feito nada com essa intenção, vejo que muitas mulheres se inspiram em mim (ou no que começaram a dizer agora sobre mim), e não voltaremos atrás.

Quando volto à procissão, e percebo que estão quase chegando à gruta, e não vejo mulheres na frente, lembro-me de que Pedro não era capaz de conter-se em seu grande ciúme, indignação mesmo, por me ver conversando a sós, e sobre coisas muito importantes, com o mestre que amávamos tanto.

Só eu sei como Pedro tinha o pavio curto.

Perguntava aos outros por que Jesus me amava mais que a eles.

Queria expulsar-me do grupo.

Só eu sei também o quanto precisei esperar por este dia. Ainda que estejam levando apenas meu suposto crânio, um pedaço de pele e um osso desidratado que dizem ser de minha perna, sei o quanto isso é sagrado. E quando vejo a procissão chegando ao fim, sinto-me recuperada em minha honra e memória.

Lembro-me dos momentos felizes, quando pude entender os pensamentos do mestre, quando estávamos todos juntos, mesmo que repletos de dúvidas e com algumas desavenças entre nós.

Lembro-me do quanto nos esforçávamos para entender sobre a luz que emanava daquela alma verdadeiramente santa.

Lembro-me do dia em que perguntei ao mestre o que seria de nós depois da morte.

Quando vejo a enorme quantidade de gente que vai chegando à entrada da gruta, suando, sem se importar se é verão, sem reclamar do calor, subindo uma escadaria enorme, levando minha cabeça com tanto cuidado, sinto que valeu a pena.

Não... De maneira nenhuma fiz algo pensando em ser lembrada.

Nem sequer foi escolha minha estar sozinha naquele jardim na hora em que Jesus me apareceu diante do túmulo. Se ele tivesse aparecido minutos antes... ou depois, me veria ao lado de Joana, e de Salomé, e de Maria Santíssima, sua mãe, e talvez de Arimateia, Nicodemos, não me lembro exatamente a hora em que cada um deles chegou ou saiu... e do querido João.

Talvez até Pedro já estivesse por lá.

Foi escolha do mestre, apenas dele, fazer de mim sua mensageira. E só eu sei o quanto Pedro ficou furioso quando cheguei para contar-lhe a grande notícia.

Acusou-me de mentirosa.

Deu uma de Tomé e foi lá ver com os próprios olhos... Sempre ele, pensando que uma mulher não poderia saber da Ressurreição antes dos homens. Certo de que não poderia ser eu, Madalena, a portadora de uma notícia tão especial quanto o começo do Reino dos Céus.

Mesmo sem ter pedido coisa alguma, mesmo que tudo o que me aconteceu tenha sido apenas acaso...

Existe mesmo acaso, meu Deus?

De qualquer maneira, ao ver que agora gostam tanto assim de mim, e que falam bem de mim, e que rezam por mim, e ainda por cima vendo que construíram tantas igrejas e deram a elas meu nome... sinto-me feliz e reconfortada.

Além da basílica onde minha cabeça chegou agora, construída em cima da gruta, dentro da rocha, como nos Cânticos que me cantaram, há outra igreja na Borgonha, ainda na França, num lugarejo medieval chamado Vèzelay, para onde disseram que um padre levou meu corpo depois de roubá-lo do túmulo.

Credo...

Isso não é *furtum sacrum*?

Roubar um corpo, mesmo que não seja sagrado... Não é pecado?

Não sei...

Realmente não sei mais o que é ou não é pecado.

O que estou querendo dizer com tudo isso é que aos poucos me foram dando valor.

Há igrejas para mim em Paris, Nova York, Cidade do Cabo, São Paulo... uma igreja ortodoxa russa em Jerusalém... São tantas, mas tantas, que até o Senhor poderia duvidar!

Ou o Senhor nunca duvida?

Penso que o Senhor sabe tudo.

Mas tudo mesmo, até nome de igreja?

Fui uma menina galileia como outra qualquer. E se brinquei nas ruas de Magdala e ali cresci solta como qualquer criança, não vejo problema nisso. Pedro mesmo... muitas vezes o vimos de faca na mão. Até cortou a orelha do soldado (daquela vez com toda a razão, admito).

E o que dizer de Paulo?

Resolveu que iria acabar com nosso grupo, invadiu nossas casas, arrancou homens e mulheres à força para levá-los à prisão. Veio mesmo para nos matar... E precisou ficar cego para enxergar!

Mas como demorou...

Como Paulo demorou a entender que o mestre era o verdadeiro messias enviado para salvar o povo de Israel!

Se os grandes patriarcas da Igreja puderam errar e tornaram-se santos entre os santos, por que é que a matriarca deveria aceitar as culpas que lhe impuseram?

O que fizeram comigo foi coisa de homens... A misoginia nossa de cada dia.

Perdoe a franqueza, meu Deus!

Perdoe também se não peço licença.

Mas agora quem vai contar minha história sou eu.

2

Santos também cometem erros gravíssimos

Maldito Gregório! Santo Gregório... Meu Senhor, me perdoe se o desagrado. Preciso extinguir o incêndio que consome minhas vísceras. Preciso esclarecer aquilo que me machucou, que por muito tempo confundiu o juízo das pessoas e manchou minha imagem de maneira tão violenta que cheguei a pensar que jamais me livraria das acusações. Sendo bastante clara, sem esconder o que sinto, começo a relembrar minha vida dizendo o que agora parece finalmente tocar o coração das pessoas: nunca fui prostituta! Entendo que o chefe da Igreja de Roma tivesse lá suas urgências, que quisesse mostrar ao mundo que o arrependimento era o caminho para a salvação, que não era possível aceitar mulheres no comando das paróquias, que os padres precisavam continuar virgens e solteiros. Discordo de tudo isso e sei o quanto cada uma dessas certezas cristãs é discutível, mas o que me parece mais absurdo, meu Deus, é que para isso ele tenha decidido destruir a reputação da companheira do mestre.

Ainda mais sem apresentar provas... sem me dar a menor chance de defesa!

Dizem que foi no ano de 591 que o papa Gregório fez aquele sermão falando terrivelmente sobre mim.

"A esta mulher, a quem Lucas chama de pecadora, João dá o nome de Maria. Acredito que ela seja a mesma Maria da qual Marcos diz que sete demônios foram expulsos."[3]

Repare bem: "esta mulher... pecadora... demônios."

Quanto insulto numa única frase!

O santo vigário de Roma citou três evangelistas, e certamente confundiu-se com as histórias que eles contaram. Terminou por acreditar que a Maria de um era a pecadora de outro, e que a tal mulher era eu.

Recuso-me a pensar que Gregório o fez com alguma maldade em seu coração. Imagino que quisesse dar exemplo aos fiéis, mostrar-lhes que o arrependimento era superior à arrogância, que "o amor divino está sempre pronto a nos receber", como ele mesmo disse.[4]

De fato, foi falando de mim, Maria Madalena, com dois emes maiúsculos, que Marcos Evangelista contou aquele episódio em que Jesus expulsou sete demônios.[5]

Sete!

Mas por que era mesmo que eu tinha mais demônios que os outros pecadores?

Gregório também se fez essa pergunta.

Só não foi certo ele encontrar a resposta por mim.

"E o que esses sete demônios significam senão a totalidade dos vícios? Está claro, irmãos, que aquela mulher que antes cometia atos proibidos usava o óleo para perfumar sua própria carne."[6]

Aí está!

A acusação que fez de mim uma prostituta arrependida, a mulher mais imunda da história, sustentou-se num simples "está claro".

Mas como assim?, era o que eu gostaria de ter perguntado àquele papa.

Por que tudo ficou tão claro... tão de repente?, eu teria insistido com ele.

Entendo que papas tenham muitas atribuições no comando da Igreja de Roma, sempre tão ocupados. Veja o bom Francisco, veja o sábio Bento, o querido João Paulo... mas Gregório jamais disse como foi que chegou àquela conclusão de tal sorte apressada.

E como a palavra de um papa é considerada infalível, entendida por todos como uma mensagem que vem do Senhor, logo, logo aquele sermão foi transformado numa verdade gregoriana.[7]

Creia, Gregório, você falhou!

Sei que não deveria desafiá-lo em sua autoridade, e demorei muito para tomar essa decisão.

Mas, meu Deus... preciso falar!

Mesmo que eu tivesse sido uma prostituta com sete demônios em meu corpo, jamais me prestaria a uma exibição de sensualidade, passando meus cabelos nos pés do mestre, beijando-os enquanto ele conversava com um fariseu. Jamais demonstraria qualquer afeto por Jesus diante de estranhos.

Se eu quisesse tocar o corpo do mestre, o faria discretamente, nos momentos em que ficávamos a sós. E estou certa de que ninguém se oporia se eu respeitosamente reverenciasse o nosso mestre. Ouso pensar que nem mesmo Pedro diria alguma coisa!

O Senhor sabe disso tão bem quanto eu, mas vou dizer pela última vez, pois preciso exorcizar esse demônio que ainda se apodera de meu coração.

Não sou a mulher pecadora que derramou o perfume de um frasco de alabastro sobre os pés de Jesus!

Não sou a pecadora que aparece no relato dos evangelistas Lucas e Marcos!

E se, mais tarde, quando foi escrever seu evangelho, João Evangelista disse que ela se chamava Maria, eu não tenho nada com isso. Havia muitas Marias em nossa Galileia. E não eram Marias também a mulher de Zebedeu e a mãe santíssima do nosso mestre?

Preciso esclarecer tudo isso, meu Deus!

Ninguém jamais foi capaz de provar que era eu a mulher que "colocando-se por detrás dele, e chorando, começou a banhar-lhe os pés com lágrimas".[8]

Não fui eu quem secou os pés de Jesus com os próprios cabelos. Não era eu a mulher que "beijava os pés dele e ungia-os com perfume".[9] E, por isso mesmo, não foi a mim que o fariseu se referiu como pecadora.

Nem mesmo Mateus Evangelista, quando contou uma versão um pouco diferente sobre o mesmo acontecimento, nem mesmo ele falou em mim, não citou Madalena.[10]

Se o mestre fosse me defender na frente de estranhos, conhecendo-me tão bem quanto conhecia, diria meu nome, ou me chamaria de irmã.

Não consigo imaginar que falasse de mim como "esta mulher", como fez ao defender a pobre pecadora. Ao referir-se a mim, certamente teria falado em Maria Madalena. E não teria dito "vá em paz", pois nunca me mandou ir embora.

O grande problema foi que o boato virou verdade.

Começaram a dizer que eu era a prostituta arrependida como quem diz que fulana é a florista e o outro fulano é o cobrador de impostos. E foram tantos os artistas que eternizaram essa mentira em suas pinturas que poderiam fazer o museu da Madalena Arrependida no lugar do Louvre!

Enfim, começaram a ter certeza de que meus sete demônios eram os sete pecados capitais, que o Lázaro ressuscitado era meu irmão e que Marta também era minha irmã... e daí surgiu a história de que nós três éramos herdeiros de um castelo na Galileia.

3

Minha vida, antes que tudo mudasse

Quisera eu lembrar-me de tudo o que aconteceu antes de encontrar o mestre. Escreveria um livro. E não seria o Evangelho de Maria Madalena, não, Senhor! Seria um livrinho de poucas palavras e modestas intenções, contando as poucas coisas que vivi naquele vilarejo simples onde passei meus primeiros anos, e também como cheguei a conhecer meu mestre. Mas o tempo voou e, como ninguém sabia nada sobre minha história, resolveram fazer o livro por mim.

Um livro inventado.

Uma coleção de lendas que correu mundo na Idade Média.

E instalou-se no imaginário das pessoas como a pura verdade.

Dizem que foi no ano de 1266 que ficou pronto o livro de Jacopo de Varazze, o padre dominicano que virou arcebispo de Gênova. Chamava-se *Lenda áurea*. E o capítulo que contava minha vida era tão pequeno que quase se perdia no meio de tantas histórias lindas e inacreditáveis de santos e santas.[11]

MINHA VIDA, ANTES QUE TUDO MUDASSE

Ao escrever o que se tornaria um sucesso literário de seu tempo, o arcebispo Jacopo criou um universo que eu mesma jamais conheci. Bem... como era de esperar, ele disse que Lázaro e Marta eram meus irmãos.

"Maria, conhecida como Madalena, vem de Magdalum, o nome de uma de suas propriedades ancestrais."[12]

Pela maneira como o arcebispo começava seu conto, a prostituta havia nascido princesa. Era mesmo descendente de uma família real e morava num castelo cercado por uma muralha, como os grandes castelos daquela época.

"O nome de seu pai era Ciro, sua mãe era chamada Eucária."

Engraçado eu não me lembrar desses detalhes...

O arcebispo Jacopo contava que eu, Marta e Lázaro (só para não estragar a fábula, vou acreditar que eles eram meus irmãos) éramos donos também de propriedades em Betânia e de uma grande parte de Jerusalém.

Bem... acabou o encanto.

Nesse conto, a princesa não se salva. Vira rã.

Antes fosse! Até nas palavras do arcebispo Jacopo eu virei prostituta.

"Madalena entregou-se totalmente aos prazeres da carne."

Meu Deus!

Está vendo isso?

Agora a ficção vai enveredar por tudo aquilo que eu vinha falando.

"Conhecida por sua beleza e suas riquezas, ela não era menos conhecida pela maneira como entregava seu corpo ao prazer — tanto que seu nome foi esquecido e ela era frequentemente chamada de pecadora."

MADALENA

Quem fez a fama (não fui eu) deita na cama! O ditado parecia feito para mim.

Juro... meu Deus!

Juro que estou tentando ver as coisas positivas e todo o amor que deram a mim, juro como se estivesse diante do sangue de Jesus que respingou em mim naquele dia na cruz.

Mas veja...

Ou melhor, esqueça! Sim, esqueça...

Prometo esquecer essas coisas ao menos por algum tempo!

E assim começo a lembrar-me de como tudo começou... Sinto um cheiro muito agradável no ar.

Vejo um sol que brilha lindamente sobre o mar da Galileia.

Vejo as flores branquinhas que nasceram sobre a terra clara.

As águas caudalosas do Jordão...

Tenho muitas coisas bonitas para lembrar.

E volta à minha memória o dia mais abençoado entre todos, quando a vontade do Senhor me fez abrir os olhos ao surgimento de uma grande fonte de luz, me fez deixar de uma vez por todas aquela vidinha sem perspectiva e sair de casa para a caminhada com o mestre.

Foi uma caminhada difícil, claro que sim!

E não dizem que o amor precisa morrer para germinar?

Nosso mestre era como uma árvore cheia de amor.

4

Meu evangelho

Quando me lembro dos anos em que caminhamos juntos, nós treze ou catorze, e às vezes acompanhados de muitos outros discípulos que depois se transformaram em setenta e tantos, muitos outros que chegaram, penso em como fomos nos multiplicando... como os peixes na rede de Pedro.

Penso também que o mestre certamente terá ficado triste ao saber que os discípulos se separaram e andaram se atacando, e que até hoje não se entendem direito.

Mas é o que eu sempre penso: são coisas humanas! E vinham desde os nossos primeiros momentos.

Tiago e João eram muito importantes no grupo, mas, ainda assim, viviam barganhando privilégios.

Ainda me espanto quando lembro que eles, filhos de Zebedeu, foram perguntar ao mestre se podiam se sentar ao lado dele no céu.[13]

Um à direita e outro à esquerda? Queriam os assentos mais nobres? Ora... eu jamais pediria isso!

Mas será que o que eu penso importa, meu Deus? Foi cada um para uma parte do mundo.

Apóstolos e outros discípulos foram se dividindo logo depois que o mestre subiu ao céu para ficar ao lado do Senhor.

Penso que seria mesmo normal que pessoas com histórias de vida tão distintas resolvessem seguir seus próprios caminhos. Ainda mais depois que viramos alvos da crueldade romana, depois que desejaram matar-nos um por um.

Mas, com tudo o que vivemos e sofremos juntos, nossos irmãos não precisavam se atacar. Não precisavam atacar a mim, ou até mesmo a Maria Santíssima, apenas porque viram nela uma imagem da Igreja de Roma.

Quando tivemos que buscar outras terras para não morrer em mãos romanas ou judias, quando passamos a ser vistos como uma seita messiânica e nos tornamos a escória de Jerusalém, os que seguiram para o Egito foram pouco a pouco interpretando a mensagem do mestre a partir de outra forma de conhecimento.

Pensavam de maneira tão diferente dos que foram para a Europa que acabaram por receber um nome particular. Por seu conhecimento, ou suposto conhecimento, foram denominados "gnósticos".[14]

Em seus livros, os gnósticos falaram muito sobre mim.

É claro que nem tudo foi escrito exatamente como aconteceu.

Os escritores debruçaram-se sobre os pergaminhos algumas décadas depois dos acontecimentos, mais ou menos na mesma época em que Lucas e os outros evangelistas escreveram suas escrituras. E nós sabemos muito bem que cada um conta a história de acordo com as próprias lembranças, e principalmente de acordo com a própria maneira de ver e interpretar o mundo.

Atribuíram-me um evangelho, como se fosse eu mesma a sentar e escrevê-lo.

Chega a ser engraçado...

Mas até que não seria má ideia: Maria Madalena contando sua própria história![15]

A literatura daquela época tinha dessas coisas... Um escritor que falava em nome de uma pessoa conhecida. Bem... o que sei é que falaram em meu nome, e não me ofendi. Como poderia? Foi o único evangelho atribuído a uma mulher.

"Evangelho de Maria", escreveram. "De Maria Madalena", concluíram.

E, como eu mesma imaginaria, meu evangelho começa logo que acabam os evangelhos do mestre, depois da Ressurreição.

Talvez fosse melhor chamá-lo de Atos da Apóstola Madalena.

Mais especificamente: meu evangelho começa quando Jesus (alguns preferirão dizer que foi seu espírito) nos deu seus últimos ensinamentos e partiu para o Reino dos Céus.

Os apóstolos ficaram muito nervosos ao perceber que o mestre havia partido para sempre, e choraram.

"Como vamos sair pelo mundo e anunciar a boa notícia sobre o reino do filho da humanidade?", perguntou um deles,

MADALENA

muito preocupado com as perseguições. "Se não o pouparam, por que irão nos poupar?"[16]

Vendo que lhes faltava um líder, eu, Maria de Magdala, me levantei e cumprimentei todos eles com uma saudação de paz.

Foi isso mesmo!

O Senhor não sabia?

Eu também podia liderar.

Não entendo seu silêncio, meu Deus, mas prossigo. "Minhas irmãs e meus irmãos, não chorem nem fiquem nervosos! Não deixem seus corações ficarem inquietos", foram mais ou menos assim as palavras que saíram de mim.

"Em vez disso", segui falando, ainda de pé, "vamos louvar sua grandeza, pois ele nos preparou e nos fez seres humanos."

O autor do livro que leva meu nome lembrou-se de que, depois de falar aos discípulos do mestre, virei-me em direção ao Senhor.

E nós conversamos... O Senhor se lembra?

Pareceu-me estranho que Pedro dissesse que o mestre me amava mais do que a todas as mulheres. Fiquei em dúvida se realmente pensava assim. Se era só ironia ou se Pedro realmente acreditava no que dizia. Enfim, ele pediu que eu dissesse exatamente o que havia aprendido com Jesus nos momentos em que ficamos a sós.

"Conte-nos o que você se lembra das palavras do Salvador, as coisas que você sabe e nós não sabemos, porque apenas você as ouviu!"

Foi algo assim o que Pedro me disse.

Eu estava num dia de muita fé e confiança, e contei a todos que havia tido uma visão, que havia enxergado Jesus.

Perguntei ao nosso mestre como era possível que eu tivesse visto sua alma subir ao céu... e ele me respondeu daquele seu jeito encantador de ensinar sobre as coisas do corpo e do espírito.

Como já disse, as memórias se confundem, as palavras nem sempre são registradas como as dissemos, mas o que ficou no evangelho atribuído a mim foi o momento em que nosso mestre disse que eu jamais o havia conhecido. E eu não tive vergonha de admitir isso aos outros apóstolos.

"Você não me viu nem me conheceu", Jesus me disse.

"Você confundiu as roupas que eu vestia com o que havia verdadeiramente dentro de mim."

Confesso agora que aquelas palavras me deixaram confusa. Havia muita filosofia em tudo o que Jesus dizia.

E posso garantir que os discípulos também não entenderam muito bem.

Na visão que tive, o mestre me relatou sua passagem pela Escuridão... pelos sete poderes... sua dificuldade de enfrentar toda a fúria que se voltou contra ele, querendo impedi-lo de subir ao céu.

Quando terminei de contar tudo aquilo aos meus irmãos e irmãs, fiquei em silêncio. Mas André não teve nem um minuto de paciência e logo começou a esbravejar.

"Não acredito que o Salvador tenha dito essas coisas, pois são ensinamentos estranhos!"

Chamou-me de mentirosa.

Não foi o primeiro nem o último.

Pedro logo se levantou contra mim. Claro!

Como foi que não pensei nisso desde o começo?

Pedro me fez falar tudo aquilo pois queria demonstrar sua desconfiança diante de todos.

E fez isso com fúria.

"Então, ele falou em particular com uma mulher sem que nós soubéssemos disso? Devemos virar de costas e ouvir o que ela nos diz? Ele a escolheu acima de nós?"

Fiquei profundamente constrangida, sentindo-me agredida pelas palavras de Pedro.

Foi minha vez de chorar.

Toda a confiança que tive ao me levantar diante dos homens havia se transformado em lágrimas. Assim mesmo, com muito esforço, consegui responder.

"Meu irmão Pedro, o que você está imaginando? Você pensa que inventei todas essas coisas em meu coração e que agora estou contando mentiras sobre o Salvador?"

Foi quando finalmente Levi fez o que nosso mestre certamente faria, e me defendeu.

"Pedro, você sempre foi uma pessoa revoltada. Agora vejo que você enfrenta as mulheres como se fossem suas adversárias. Se o Salvador lhes deu valor, quem é você para rejeitá-las? Certamente, o conhecimento que o Salvador tem sobre ela é completamente confiável. Por isso ele a amava mais do que a nós!"

Foi depois dessa discussão terrível que nos separamos. Formamos grupos menores e saímos pelo mundo para ensinar o que havíamos aprendido e, mais do que tudo, fomos rezar.

Só espero que ninguém venha a repetir a grosseria de André e de Pedro... espero que não venham dizer que eu inventei essas coisas ou que inventei as palavras dos outros apóstolos!

Já disse isso e faço questão de repetir...

Palavras escritas tanto tempo depois podem ser imprecisas.

5

Nosso primeiro encontro

Gosto de me lembrar do som das águas do rio Jordão quando batiam nas pedras e molhavam os cabelos do Batista. Conheci João antes mesmo de ser apresentada ao nosso mestre. E sempre achei aquele lugar um dos mais bonitos do mundo.

Antes do mestre, eu não era mulher de sair viajando. Nunca fui à Mesopotâmia, e por isso nunca tive a chance de conhecer o rio Eufrates... nem o Tigre... não sei bem como era o Éden dos antigos.

O que sei é que o nosso paraíso terreno era ali, onde o Jordão se aproximava do mar Morto, perto da fortaleza dos essênios, onde João nos batizou a todos e nos ensinou muita coisa importante.

E foi ali, naquelas águas santas, que o nosso mestre muito amado foi batizado pelo grande Batista. Dali, da beira do Jordão, começou sua caminhada. Foi no dia em que sentiu a presença do Espírito Santo e percebeu que estava pronto para começar a pregar para o povo.

NOSSO PRIMEIRO ENCONTRO

Nunca tive chance de lhe perguntar por que veio logo para a Galileia, sem passar por Jerusalém, onde ficava o templo grandioso reconstruído pelo rei Herodes, onde ficavam muitos pregadores importantes.

Talvez quisesse evitar os soldados romanos... pois todos nós os temíamos.

Talvez não quisesse estar perto da arca onde diziam que o Senhor morava, pois ele sempre nos deu a entender que o Senhor não morava mais lá.

Talvez o mestre não tenha começado sua caminhada por Jerusalém porque já soubesse que iria fazer uma Nova Aliança e que, ao divulgar ideias tão revolucionárias, provocaria a fúria dos doutores da lei, os homens que se achavam "donos de Deus".

Todo mundo sabe o quanto ele se incomodava com o covil de ladrões que se criou na entrada do Templo. Mas foi só mais tarde que tudo isso explodiu... Quando nos conhecemos, ele já era um incômodo. Só não era procurado como se fosse um inimigo de Roma.

Vinha acompanhado de Pedro, Tiago, João, Bartolomeu... eram muitos discípulos e mais ainda curiosos que se aproximavam para ver o rabino que já era chamado de Salvador.

Lucas Evangelista não estava entre nós... Nunca esteve.

Verdadeiramente, não o conheci, pois estou certa de que ele só veio a saber de nossa história alguns anos depois.

Mas sobre meu primeiro encontro com o mestre, foi a versão de Lucas que prevaleceu. O terceiro evangelista escreveu que Jesus "andava de cidade em cidade, e de aldeia em aldeia, pregando e anunciando o evangelho do Reino de Deus". Disse que "os doze andavam com ele".

Não lembro bem se no dia em que vi aquele rabino enérgico pela primeira vez eram mesmo doze homens a seu lado. Entendo que Lucas estivesse falando dos muitos homens que acompanhavam Jesus, e o número doze sempre teve esse poder: logo depois do onze, da desintegração à completude!

Enfim, os doze meses do ano... as doze tribos de Israel... os doze apóstolos.

Foi logo depois disso que o evangelista resolveu falar aquelas coisas desagradáveis...

Quando lembrou-se de nós, disse que éramos "algumas mulheres" (não perdeu tempo em contar) e que todas tínhamos sido curadas de espíritos malignos e de doenças.

Falou de mim primeiro.

Pintou-me como a pior entre as mulheres.

"Maria, chamada Madalena, da qual saíram sete demônios."[17]

Ora... de onde tirou isso?

Lucas não contava mulheres, mas contava demônios. Nunca nos conhecemos!

E com tanta precisão... Sete demônios!

Quem foi que lhe disse?

Conceda-lhe o perdão, meu Deus!

Sei que não deveria falar de um homem que as igrejas fizeram santo. Sei disso.

Mas veja o outro lado...

Não sei nem mesmo se Lucas foi médico, nem sei se acompanhou o apóstolo Paulo.

Nenhum deles estava na Galileia quando conheci o mestre.

Só posso pensar que Lucas era um homem de seu tempo. E que, como Pedro, não achava que as mulheres merecessem nada além de um décimo terceiro lugar.

Quando resolveu falar de Joana, esposa daquele procurador romano, e também de Susana... enfim, quando falou de nós, o que disse foi que fazíamos parte de um grupo grande de mulheres, e que servíamos ao nosso mestre com aquilo que possuíamos. Não penso que tudo o que tínhamos para oferecer eram apenas demônios e bens materiais. Sim, cuidávamos para que ele tivesse água e comida. Assim como Pedro o acolheu em sua casa, em Cafarnaum, muitas de nós oferecemos abrigo ao mestre quando ele precisou fugir da multidão voraz. Ninguém jamais se esqueceu do dia em que arrancaram o telhado daquela casinha de pedras para que ele curasse um paraplégico.

E nosso mestre temeu pela própria segurança.

Precisou encontrar atalhos para evitar a multidão e conversar a sós com nosso grupo de discípulos.

Naqueles momentos, só queria os mais próximos.

E nós o protegíamos do jeito que nos era possível quando a multidão chegava como um rebanho sedento querendo tocar no pastor.

Maria Salomé ajudou muito, muito mesmo, depois que seus filhos, José e Tiago, tornaram-se companheiros do mestre. Mulheres tinham funções domésticas em nosso tempo.

Mas não fomos só isso!

E o apoio que dávamos para que Jesus de Nazaré levasse sua mensagem aos vilarejos?

Fazíamos menos que os homens? Não creio.

As escrituras que ficaram muito tempo escondidas num jarro, aquelas que acharam recentemente no Egito, contaram muito mais sobre nós, e sobre nosso verdadeiro papel de discípulas. E foi nesse mesmo jarro que acharam uma cópia do meu evangelho.[18]

Olho para trás.

Relembro minha vida a seu lado.

Tento compreender o que vi e vivi com Jesus. Leio tudo, tudo o que escreveram.

E agora, mais distante, na perspectiva do tempo, percebo claramente: como nosso mestre era enigmático!

Não só porque frequentemente falava em parábolas e nos obrigava a interpretá-las, mas também porque muitas vezes parecia se contradizer, ou nos surpreendia com certa agressividade que nem sempre notávamos em suas mensagens de amor ao próximo.

Pedro disse que ele era como um mensageiro do Senhor. Mateus, apóstolo, o comparou a um filósofo.

Mas Tomé era quem tinha razão.

Pois, como ele disse, poucos seriam capazes de compreender Jesus. Se fôssemos contar aos outros judeus tudo aquilo que nosso mestre nos dizia, seríamos apedrejados.

Pode ter certeza do que estou lhe dizendo! E sairia fogo das pedras...

Mas aqueles que as atirassem seriam queimados. Tamanha era a força espiritual do nosso mestre.[19] Isso está no livro que o próprio Tomé escreveu. Ou que atribuíram a ele, nunca soubemos.

Em seu evangelho, Tomé contou que estava relatando as palavras exatas do mestre.

E eu ouvi muitas delas. Mas não ouvi tudo.

Ou não me lembro exatamente da mesma forma como Tomé se lembrou.

Mas, de novo, para entender o Salvador, muito mais do que absorver literalmente as palavras que ele dizia, era preciso que nos esforçássemos para compreender seus enigmas. Era como se, ao falar, ele exigisse de nós uma interpretação imediata para que continuássemos acompanhando seus ensinamentos, que nem sempre eram como dois mais dois.

Era preciso pensar rápido, e com inteligência.

Por isso, ele precisou escolher alguns dentre nós...

Ser seu apóstolo realmente não era para qualquer um! Muito menos para qualquer uma.

Posso lhe garantir.

"Devo lhes dar aquilo que nenhum olho viu, nenhum ouvido escutou, nenhuma mão tocou, o que ainda não surgiu no coração humano."[20]

Ouvindo palavras como aquelas, nos perguntávamos como seria o fim dos tempos, como seria o Reino dos Céus.

E ele sempre nos obrigava a pensar.

Disse que o Reino dos Céus era como a semente da mostarda.

"É a menor de todas as sementes, mas, quando cai num terreno preparado, ela produz uma planta grande e torna-se um abrigo para os pássaros do céu."

O Senhor sabe...

A memória às vezes se turva. Entra nuns redemoinhos...

Mas agora, refletindo sobre os acontecimentos, parece-me bastante provável que as implicâncias de Pedro já estivessem latejando na minha cabeça mais do que o sol inclemente quando perguntei ao mestre o que pensava sobre seus discípulos.

"São como crianças vivendo num campo que não lhes pertence", ele respondeu.

Explicou-me que um dia precisaríamos tirar nossas roupas e devolvê-las ao dono do campo. Devolvê-las ao Senhor, imagino.

Quando ele dizia "roupas", falava de nossos corpos, daquilo que não levaríamos para o Reino dos Céus.

Compreendi que estávamos vivendo aquela vida à espera do dia em que estaríamos despidos, vendo tudo de cima, compreendendo a pequeneza da existência humana, e de suas arrogâncias, e de suas mesquinhezas, e de tudo o que se faz quando se pensa apenas nas roupas, esquecendo-se do espírito.

"Se você não jejuar do mundo, não chegará ao reino", ele nos disse uma vez.

E eu acreditei naquilo com todo o meu coração, sempre pensando que deveríamos nos lembrar do maior de seus ensinamentos.

NOSSO PRIMEIRO ENCONTRO

"Ame seu irmão como à sua própria alma!"

Mas não pense que tudo o que Jesus nos dizia nos encaminhava diretamente ao Senhor, sem que precisássemos fazer esforço, sem um terrível cansaço mental.

Não mesmo!

Muitas vezes ele dizia coisas que me deixavam insegura, temendo que tudo o que eu pensava sobre seu grande amor pelos seres humanos não passasse de um sonho da menina de Magdala... pensando que eu talvez estivesse confusa, sem compreender coisa alguma.

Uma vez, lembro-me, ele disse que, para entrar no Reino dos Céus, seria preciso que masculino e feminino fossem um só. Nunca compreendi direito, e até hoje não compreendo aquelas palavras.

Como assim?, me perguntei em pensamento, sem coragem de demonstrar minha ignorância. Mais tarde, ele voltou ao assunto, e disse que a mulher "precisa se tornar homem para entrar no reino". Disse isso justamente numa das vezes em que me defendia das implicâncias de Pedro.[21] Até agora não sei se o disse apenas para aplacar a fúria de um apóstolo contra as mulheres, pois, na maioria das vezes, seus discursos nos colocavam em pé de igualdade com os homens.

Será que Jesus era feminista?

Posso dizer com certeza que, depois dele, muita coisa mudou para nós.

Basta ver que, enquanto nosso mestre esteve por perto, Pedro jamais conseguiu me afastar

E ouça o que Pedro disse:

"Maria deve nos deixar, pois as mulheres não têm valor!"

Foi assim que Tomé, no evangelho que atribuíram a ele, recordou-se daquele momento. Lembro-me também de como senti tudo aquilo: um golpe forte em meu ventre.

Cheguei a ficar tonta.

Talvez fosse o sol no deserto.

Talvez fossem espíritos foragidos do *sheol* que lançavam suas maldades sobre meus ombros.

Talvez houvesse mesmo um inferno com almas que ardiam debaixo de nós e nos invejavam.

E jamais me esquecerei da resposta enigmática que o querido mestre deu a Pedro.

"Veja... eu devo guiá-la para que ela se faça masculina, para que também ela se torne um espírito vivo que se pareça ao de vocês, homens."

Ainda que tenha me defendido, não posso ver naquelas palavras uma defesa das mulheres.

Quero acreditar que, se fosse hoje, Jesus usaria outras palavras, e não precisaria dizer essa coisa de masculino e feminino para ensinar que uma mulher era igual aos homens perante os olhos do Senhor.

O tempo é o senhor da razão, eu sei disso.

E só o Senhor sabe a razão das coisas.

6

Quando vimos o Eterno

O caminho era longo, nossas incertezas eram muitas, e naqueles desertos sórdidos só Jesus era capaz de nos trazer algum alento. Ainda que muitas vezes nos respondesse com perguntas, como se quisesse dizer que caberia a nós compreender as coisas do céu e do inferno, da vida e da morte.

Certa vez, querendo uma orientação sobre toda a sabedoria que nosso mestre nos transmitia, perguntei a ele de onde vinham minhas lágrimas e meu sorriso.

"O corpo chora por causa de seus trabalhos e por causa do que ainda precisa ser feito", ele me respondeu. "A mente sorri por causa da força do espírito. Aquele que não enfrentar a escuridão não será capaz de ver a luz."[22]

Tomé, aquele que alguns diziam ser o irmão gêmeo do mestre, quis saber o que havia antes da existência do céu e da terra.

"Havia escuridão e água. Quando o Pai criou o mundo, ele coletou um pouco de sua água, e a Palavra veio disso", nosso mestre respondeu, e foi além, pois tinha sempre muito mais a nos dizer.[23]

Perguntava a mim mesma como seríamos capazes de guardar todo aquele conhecimento. Com nossas mentes de camponeses, pescadores, pessoas simples que éramos, como teríamos sabedoria para transmitir às outras pessoas aquilo que estávamos ouvindo?

Quis saber dos irmãos e irmãs como eles fariam, mas foi o mestre quem respondeu, como se ele fosse também um de nós:

"Irmã, ninguém pode perguntar sobre essas coisas, a menos que tenha um lugar para guardá-las em seu coração."[24]

Ele explicou que essas pessoas (entendi que eu era uma delas) poderiam entrar no reino sem ser arrastadas de volta para esse mundo de misérias materiais... e, certamente, espirituais.

Ah, sim, ele falava das pobrezas da alma. Ao menos foi como eu entendi.

Mateus disse que queria ver esse lugar onde não havia maldade, apenas luz.

"Irmão Mateus", nosso mestre respondeu, "você não será capaz de vê-lo enquanto estiver vestindo sua carne."

Um dia o mestre nos levou até o alto de uma montanha, para explicar-nos sobre a criação do céu e da terra. Tomé conversava com Mateus. Perguntou a ele quem seria capaz de subir a um lugar tão alto, ou descer a um abismo tão profundo.

"Há um grande incêndio lá, um grande terror." Tomé se assustou.

E eu também fiquei assustada quando vi o Santo Espírito do Senhor descer diante de nós e desaparecer depois.

Era mesmo o Senhor?

Ou estávamos tendo uma visão?

Foi quando o mestre voltou a falar conosco.

"Não disse a vocês que, como um relâmpago, o que é bom será levado para a luz?"

Depois disso, o mestre viu dois espíritos carregando uma alma em nossa direção.

Só ele os viu.

E ordenou que lhe dessem um corpo.

Um raio desceu do céu. Era o Senhor?

Naquele dia, Mateus, Tomé e eu tivemos certeza de que o Abençoado havia aparecido diante de nós. E sempre me lembrei daquele momento. Sempre acreditei que tudo de mau que me aconteceu depois era fruto da inveja daqueles que sabiam que eu havia vivido algo muito especial.

Não que eu tivesse sido escolhida, de maneira alguma.

Mas a lembrança daquele dia na montanha nunca mais me saiu da cabeça. Senti que estávamos revivendo a história de Moisés. E sempre pensei que todo o mal que fizeram a mim foi para me punir por eu ter estado tão perto do Senhor.

Hoje, não sei mais.

Posso ter me enganado.

Até santos vigários se enganam, não é verdade?

Naquela mesma época, eu disse ao mestre que conseguia ver a maldade que havia numa pessoa desde o primeiro momento.

E o mestre, sempre muito sábio, muito mais do que nós, logo me explicou que minha capacidade de ver a maldade, ou os demônios, como se dizia, era uma grande coisa, mas não era o mais importante.

"Quando você vir o Eterno, esta será a grande visão!"[25]

Agora eu entendo...

Acho que ele tinha razão.

7

Reflito sobre todas as coisas do Universo

Revirando minhas lembranças, recordando-me daqueles dias mágicos que passei ao lado de Jesus e de minhas irmãs e irmãos, não consigo jamais apagar do coração a mágoa que alguns deles me deixaram.

Não que eu estivesse ali como tola na roda dos moços. Fiz o que tinha que fazer!

Levantei-me para defender meu ponto de vista sempre que julguei necessário.

E foi por isso que cheguei até o fim.

Só porque enfrentei todos os que se opuseram a mim, pude ver nosso mestre no túmulo de Arimateia.

É só por isso que estou aqui... Finalmente.

Dizendo o que guardei por tanto tempo dentro de mim...

Mas isso não quer dizer que a desconfiança de André não tenha me machucado. Ou que as palavras de Pedro não tenham sido facas em meu peito.

Sofro ao lembrar.

Houve uma vez que ele quis calar minha boca. Machucou-me profundamente.

"Mestre, não podemos aceitar que essa mulher tome nosso lugar... ela fala demais e não nos deixa falar!"[26]

E o mestre praticamente o ignorou, demonstrando que, ao contrário de nós (especialmente Marta e eu), os homens não o estavam compreendendo.

Por que tanta agressividade?

Medo de reconhecer a inteligência feminina? Repensando tudo o que aconteceu, revendo os momentos que vivi e os que não vivi, esforço-me para entender todas as coisas.

Em que dia da Criação o Senhor terá dito aos homens que eles eram mais sábios, ou mais importantes, que as mulheres?

Logo no primeiro, arrisco dizer... pelo menos será isso o que muitos deles responderão.

Não foi quando criou o homem à sua imagem que nós ficamos para trás?

Pelo que me lembro, está escrito lá no comecinho...

Disseram que saímos do forno divino quando Adão já havia deixado o útero da terra, quando o Primeiro Humano já respirava, e eu acrescento, com o nariz apontado para o céu.[27]

Mas talvez tenha sido no sétimo dia que o Senhor Deus disse aos homens que eles eram superiores a nós.

Em que dia foi, afinal?

Ou o Senhor nunca disse nada disso?

REFLITO SOBRE TODAS AS COISAS DO UNIVERSO

Lembro-me muito bem de que, pouco antes de ser levado à cruz, no monte das Oliveiras, quando nosso mestre foi dormir, os homens começaram a discutir entre eles.

Sou tentada a pensar que foi também quando o Senhor dormia, no sétimo dia, que os homens aproveitaram-se de sua ausência, usaram a força que tinham e nos escravizaram.

Quantas vezes bateram em nós para mostrar quem mandava?

E continuam batendo, meu Deus!

Basta ver o que aconteceu com Maria da Penha.

Levou um tiro na coluna, ficou paraplégica, foi eletrocutada e aprisionada pelo marido.

Só de cadeira de rodas chegou ao tribunal!

Em certo sentido, a força física foi uma vantagem concedida aos homens. E lá na Idade da Pedra, quando o ser humano era quase um macaco, eu posso até entender que, na falta de um cérebro mais desenvolvido, o mais forte se achasse no direito de mandar.

Mas a humanidade evoluiu. Ou não?

Darwin nos esclareceu.

O Senhor não concorda com isso?

E não me venham com mitologias!

Mesmo que tivesse comido da tal Árvore do Conhecimento, Eva, a mulher imaginária, não poderia ser culpada de coisa alguma. Imagino o quanto seja difícil enfrentar o diabo. Ainda mais se ele vem disfarçado de serpente.

Se nosso mestre abençoado precisou de quarenta dias para lidar com suas artimanhas... para expulsá-lo de seu coração, ou de seus pesadelos... por que Eva só teve uma chance?

Duvido que o Senhor tenha dito a ela para manter-se ignorante, longe do conhecimento!

E me perdoe, meu Deus, se eu lhe fizer muitas perguntas.

Sei muito bem que perguntar às vezes ofende, pois Pedro me ensinou isso com muita clareza. Mas vamos lá...

O Senhor fez mesmo a mulher depois do homem? Precisou da costela dele para nos criar?

É verdade que fiquei muito tempo calada, e me culpo por isso.

Ficamos todas caladas: Joana, Marta, Susana, Salomé e tantas outras Marias... mas agora falo.

Nem Maria Madalena...

Nem Maria da Penha.

Nem Maria nenhuma.

Não nos acanhamos, nem mortas!

Eva e Adão não foram criados nem por Deus, nem pelas mulheres. Foram os homens que lhes deram o sopro da vida.

Leiam também o que está dito sobre os animais da arca. De todos, Noé levou "o macho e sua fêmea".[28]

A sagrada Torá nos enevoou o cérebro dizendo que, em qualquer circunstância, a mulher era inferior ao homem, que eles eram nossos donos e podiam até mesmo nos abandonar se assim desejassem.

Nós não podíamos?

Os sagrados evangelhos e o sagrado Alcorão, que disse que os homens estão sempre um grau acima das mulheres... quase toda a humanidade foi na mesma direção.[29]

REFLITO SOBRE TODAS AS COISAS DO UNIVERSO

Se quiserem continuar lendo as leis e a Criação ao pé da letra, não há nada que eu possa fazer. Mas insisto: ao menos a cena mitológica do nascimento da primeira mulher não pode mais ser entendida como afirmação de uma suposta, e ridícula, inferioridade feminina!

Não pode mesmo!

E não sou só eu quem está dizendo. Papa Francisco falou.

"É o contrário! Homem e mulher são da mesma substância, e complementares."[30]

Francisco concorda comigo.

A costela é balela.

E volto a dizer: mitologia machista é criação dos homens!

Ouso pensar que os autores do Gênesis são os inventores do machismo, pois é lá, logo na Criação, que está dito que a mulher pertence ao homem.

Espero que Francisco seja o desinventor, que nos leve até o altar, não como noivas, mas como Priscila, sacerdotisa ainda no primeiro século.

E volto a lembrar-me de Maria da Penha.

Pois, num ato de valentia muito mais simples que o dela, ainda incomodada com as atitudes de Pedro, um tempo depois daquele dia em que ele disse que eu falava demais, resolvi me posicionar.

"Não vou desistir de lhe fazer perguntas", eu disse ao mestre enquanto olhava Pedro com o canto do olho.

Temia que o irmão me atacasse, ainda que só com palavras.

Temia também que Jesus pudesse ficar incomodado com os questionamentos que eu fazia. Mas ele, mais uma vez, abriu seu coração sagrado.

"Pergunte-me o que quiser!"[31]

Ajoelhei-me diante do mestre, reverenciei seus pés e beijei suas mãos, sentindo que eram as mãos do Senhor.

Queria que ele nos explicasse como seria o dia do Julgamento, pois temia que os Arcontes castigassem minha alma com maldade.

Disse isso com lágrimas nos olhos.

E ele, sempre gentil, me acolheu.

"Verdadeiramente, meus irmãos amados, a vocês que abandonaram suas famílias em meu nome, ensinarei todos os mistérios e conhecimentos."

Ele, de fato, nos ensinou muito e, até mesmo depois de ser pregado na cruz, quis voltar para terminar seus ensinamentos.

Sempre dizia que sua família éramos nós.

Não me lembro de tudo, nem sempre me vêm os detalhes.

Os gnósticos contaram que Jesus falou sobre *aeons* e *pleromas*, que eram instâncias superiores no Universo, conforme alguns de nós imaginavam na época em que caminhamos juntos pelos desertos, muito antes de sabermos que o Universo tinha sido criado por um *big bang*, uma grande explosão.

O Senhor não vá me entender mal...

Eu sei que a Criação é coisa sua.

Mas uma coisa não impede a outra. Francisco mesmo...

Ele disse que o Senhor não era um mágico nem tinha uma varinha de condão.[32]

E discordou de Bento, de quem também discordo, quando ele disse que a Evolução havia sido planejada pelo Senhor.

Mas, afinal, se nos criou à sua imagem e semelhança, eu agora fiquei com uma dúvida... O Senhor é homem ou mulher?

8

As sete discípulas e nossas impurezas

Se vão continuar dizendo que Jesus teve apenas apóstolos homens... se querem realmente nos excluir do grupo... ao menos reconheçam: ele radicalizou! Tratou as mulheres com um respeito que não víamos nos homens de nosso tempo (e que, muito frequentemente, continuamos sem ver).

Quando parou para ouvir a samaritana, alguns dos nossos irmãos ficaram admirados pelo simples fato de que ele falava com uma mulher.[33]

"O que é que você está falando com ela?"

Rabinos não podiam falar com mulheres.

Menos ainda sobre assuntos de religião.

Ora...

Recuso-me a acreditar que o Senhor pudesse enviar um rabino para salvar apenas os homens.

Nós, as discípulas do mestre, comemos o pão que o Belzebu amassou por sermos independentes e desafiarmos a lei dos homens.

Mulher naquele tempo não tinha direito a estudo.

Não servíamos sequer como testemunhas num julgamento.

A culpa por um estupro ou adultério era frequentemente jogada sobre nossas peles...

E isso mudou?

Ah...

Uma mulher violentada era obrigada a se casar com o porco do estuprador. Sim, o maldito pagava multa, tinha que assumir o filho, mas não era punido com pedras como acontecia à mulher adúltera, e ainda ficava solto para cometer outro crime.[34]

Lugar de mulher (ouço isso até hoje) era na cozinha, esperando pelo marido. Podíamos, eventualmente, cuidar de uma pensão. Deixavam também que fôssemos cabeleireiras umas das outras. O máximo de ousadia que nos permitiam era vender roupas nas feiras.

E, claro, com muito prazer, éramos altamente qualificadas para ser carpideiras, pois, para chorar nos enterros de quem nem sequer conhecíamos, não havia ninguém como nós.

E como tínhamos motivos para chorar!

Quando deixamos nossas famílias para seguir o mestre, olharam-nos com desprezo, pois fizemos o que nossas contemporâneas jamais fariam.

Se não tínhamos permissão sequer para ouvir o sermão de um rabino em nossos vilarejos, imagine o que falaram de nós quando saímos por Israel acompanhando aquele messias!

Na maior parte do tempo, éramos sete mulheres: Salomé, Marta, Susana, Joana, Maria de Cleofas, Arsinoé, de quem pouco falaram, e eu, a quem muitos chamavam apenas de Maria, pois não era preciso estar sempre lembrando que eu vinha de Magdala, o vilarejo da torre.

Ainda que muito desse desprezo persista, ainda que nos responsabilizem por muitos casos de estupro que sofremos, até mesmo o estupro coletivo, ainda assim, penso que o mundo começa a se abrir para a tão sonhada igualdade.

Ouso pensar que já podem dar a todas nós o título de apóstolas!

Apóstola Salomé...

Apóstola Joana...

Apóstola Madalena, sim, o papa Francisco mesmo já disse.

Entre todas as que gostaria de chamar de apóstolas, Marta foi uma das mais presentes.

E como nosso mestre a amava!

Da mesma forma que amava a mim, e a Lázaro, e a João...

Penso que amava a todos e que seu coração gigante era capaz de acolher até aqueles que desejavam matá-lo.

Foi João Evangelista quem registrou o dia em que Marta recebeu o mestre em sua casa, queixosa.

"Senhor, se você estivesse aqui, meu irmão não teria morrido."

Pouco depois, a outra irmã, Maria, também lamentou que Jesus não tivesse vindo antes para cuidar de Lázaro, e chorou. Marta disse que fazia quatro dias que seu irmão estava morto. E que o corpo já exalava um cheiro ruim.

AS SETE DISCÍPULAS E NOSSAS IMPUREZAS

O mestre lembrou a ela de como era importante ter fé. Lázaro se levantou do túmulo.[35]

Mais tarde, os três irmãos ofereceram um jantar a Jesus. Marta estava muito ocupada organizando a casa, e reclamou de Maria, pois ela ficou ouvindo as palavras do mestre e parou de ajudá-la.

"Mestre, não se importa se minha irmã me deixou trabalhando sozinha?"[36]

Marta era questionadora, e isso nos aproximava. Pediu ao mestre que desse uma bronca em sua irmã. Mas ele nunca reclamava quando uma de nós estava ouvindo seus ensinamentos com atenção.

"Marta, você se inquieta por muitas coisas.... no entanto, pouco é necessário. Maria escolheu a melhor parte, a que não lhe será tirada."[37]

Mesmo que discordássemos e que às vezes acontecessem essas desavenças, estávamos unidas em torno do mestre. E, nesse sentido, eu era mais parecida com Maria do que com Marta: passava horas escutando a poesia que saía daquela boca abençoada.

Sentíamo-nos todas como se fôssemos irmãs. Éramos mesmo muito próximas, e por isso custo a compreender o fato de que pouco se falou sobre elas.

Não fossem meus sete demônios, seria provável que a mim também restasse papel secundário, como o que foi concedido injustamente a Marta, pois ela também estava lá no dia em que o mestre apareceu diante do túmulo.

MADALENA

Ainda que Marta jamais tenha feito algo pensando em reconhecimento ou fama, não acredito que nenhuma de nós o fez, sei que não gostaria de ver homens menos dedicados que ela serem tratados como superiores.

Está claro para todos os cristãos que Marta era muito amada por nosso mestre. Há até mesmo uma hospedaria com seu nome no Vaticano.

A Casa Santa Marta...

O papa Francisco escolheu bem onde morar.

Era uma das poucas que conseguiam fazer as perguntas certas, e compreender as respostas.

Certa vez, ajoelhou-se diante de Jesus e, chorando, pediu licença para falar o que havia aprendido sobre arrependimento.

Lembro-me com alegria do que o mestre lhe disse: "Marta, você é abençoada!"[38]

Entenda...

Jamais fomos inimigas dos homens!

A jovem Madalena não queria, nem teria forças para isso.

Imagine só!

Como poderia levantar-me contra eles se a religião que nos chegou por Abraão, Moisés e Davi era feita pelos homens e para os homens?

Corrija-me!

Por favor, corrija-me se estiver equivocada sobre o papel secundário que nos atribuíram as escrituras sagradas.

Lutei muito para não ser expulsa do grupo dos discípulos, mas, como tinha meus limites, contei com a ajuda do mestre

AS SETE DISCÍPULAS E NOSSAS IMPUREZAS

para me defender. Sofri ameaças. E só eu sei o que acontecia quando ele não estava por perto.

Em nosso tempo, quando caminhávamos com ele pelos vilarejos da Galileia e, depois, pelos desertos da Judeia, as minhas atitudes, e mesmo minha simples presença, eram um terrível incômodo.

Pedro sabe bem do que estou falando!

Seria bom consultá-lo, pois estou certa de que não negará a verdade... nem que o galo cante três vezes!

E é claro que, com todo o poder que estava nas mãos daquele homem santo, e com o poder maior ainda que passou a ter mais tarde, depois da ascensão do corpo de Jesus aos céus, quando ficamos sós aqui na terra, Pedro venceu.

E quando digo que ele venceu, não estou dizendo que houve confronto ou violência.

Não foi isso.

Pedro usou as chaves que lhe foram entregues para construir uma igreja de portas fechadas para as mulheres, ao menos na sacristia e nos gabinetes, sem sacerdotisas ou papisas, porque assim era: salvo raríssimas exceções, os homens mandavam e as mulheres se curvavam.

Só diante do mestre eu me curvei.

E não por medo, mas para reverenciá-lo.

Se dependesse dele, mulher e homem seriam juntos. Feitos da mesma matéria.

Um o sangue do outro.

Esqueça a costela!

Cada qual com seu coração.

Mas veja o que aconteceu com a história do nosso grupo! Entre os muitos documentos que foram escritos para eternizar a pregação de Jesus, os escolhidos como verdadeiros, os únicos que mereceram entrar no Novo Testamento diziam que Pedro era o preferido.

E os outros evangelhos, chamados apócrifos, por que os queimaram? Os evangelhos escolhidos pelos que nos sucederam mostraram que nós, mulheres, havíamos sido "curadas de espíritos malignos e de doenças" e que só depois disso passamos a seguir Jesus.

Diante da visão tacanha de alguns daqueles homens, só posso entender que queriam que as mulheres fossem limpas de seus pecados originais para serem aceitas no grupo.

E os pecados de André, de Bartolomeu e Tiago...

Que demônios eles traziam em seus espíritos?

Eram puros como o mestre? O Senhor sabe...

Eu sei que sabe.

De qualquer maneira, mesmo que tenha sido com pecados dos pés à cabeça, não posso negar que eu, a Maria que veio de Magdala, popular Madalena... mereci atenção.

O Senhor me livre e guarde!

Pois saiba que, antes mesmo que os essênios fundassem sua comunidade (masculina) de batismos à beira do mar Morto, nós já éramos vistas como perigosamente sujas e pervertidas.

Muito antes de nós, a lei judaica já dizia que o sangue menstrual nos deixava impuras por sete dias, e que ninguém poderia nos tocar durante esse período.

AS SETE DISCÍPULAS E NOSSAS IMPUREZAS

"É assim que vamos proteger o povo de Israel, caso contrário morreríamos todos", lembro-me de ouvir os sacerdotes dizerem sobre nosso sangue menstrual, no Templo em Jerusalém.[39]

E, no fim das contas, toda essa impureza que um dia jogaram sobre as costas de Eva veio cair em meus ombros.

Se era para falar de mim desse jeito, teria sido melhor esquecerem-se de Madalena.

Evitaria os murmúrios...

O ridículo.

Aquela boataria sem fim.

Pois agora eu digo, do fundo do meu coração: nem eu, nem Joana, nem a outra Maria, nem Susana, nem Salomé ou Arsinoé... nenhuma de nós merecia qualquer palavra maldosa.

Alimentamos e cuidamos do mestre. Nós o recebemos em casa.

E o ajudamos a levar sua mensagem de amor aos galileus.

Se não éramos discípulas de Jesus, o que éramos então?

Não penso que fôssemos apenas suas serventes.

Chega a ser engraçado...

Nós o tratávamos como irmão, ajudávamos a organizar a multidão que vinha ouvi-lo e estávamos sempre a seu lado.

Então, além de impuras, não éramos nada?

E depois de nós houve outras.

Importantes, ao menos pelo incômodo que causaram.

9

A gravidez do papa

Falou-se muito sobre certa Joana na Igreja de Roma. No comando por dois anos, cinco meses e quatro dias! Mas a Idade Média foi um período tão turbulento, com tantas cruzes e Cruzadas, que nunca pude saber se foi verdade ou lenda a história da mulher que se tornou papisa, ainda que muitos homens do Vaticano tenham escrito que ela, de fato, existiu.

Seu nome público era papa João VIII.

Foi o que os cronistas disseram.

Como Diadorim, vestiu roupas masculinas para furar o bloqueio dos homens.

Entrou no monastério.

Apaixonou-se por um monge...

(Imagino que ele tenha sofrido como Riobaldo!)

E os dois fugiram.

Estudou muito e, sempre vestida como homem, tornou-se famosa em Roma por sua inteligência e seus belíssimos sermões.

A GRAVIDEZ DO PAPA

Com a morte do papa Leão, foi eleita para substituí-lo. Mas dizem que se apaixonou outra vez.

E que engravidou.

O filho nasceu quando Joana montava em seu cavalo.

Foi vítima da intolerância dos homens.

Arrastada pelas bestas como um Tiradentes.

Sofro ao pensar que, além disso, levou pedras até a morte![40]

Se isso for mesmo verdade, a única mulher que se sentou na cadeira de Pedro deveria ser a padroeira da resistência feminina. E sua serva confidente, que sempre soube que havia uma mulher debaixo daquela túnica papal, mereceria tornar-se santa.

Como eu gostaria de saber o nome da rosa...

E tendo a pensar que a papisa Joana verdadeiramente existiu quando descubro que até o inquisidor Bernardo Guy admitiu que havia erros na cronologia papal! Até ele, encarregado de condenar os hereges à fogueira, como Umberto Eco mostrou muito bem.

O inquisidor escandalizado ainda teve a decência de corrigir a cronologia para incluir Joana depois de Leão IV, antes de Bento III.[41]

Deram-lhe um busto de mármore, e isso ninguém questiona. Mais de um até...

Durante seiscentos anos, a homenagem à papisa Joana ficou exposta para quem quisesse vê-la nas ruas de Roma.

Esteve também na Catedral de Siena, ao lado de todos os papas.

Até Lutero se incomodou com tamanha afronta![42]

E assim, como quem risca um amor antigo do coração machucado, apagaram Joana da história.

Sempre me pergunto qual terá sido o grande incômodo de se ter uma mulher como papa. É sabido que alguns papas foram acusados de corrupção, violência e até assassinato, e a Igreja nunca se preocupou em omitir seus nomes.

Se não for verdade que Joana reinou, se até Bernardo Guy tiver se enganado, deveriam incluí-la, ao menos, entre os papas apócrifos.

Nem sei se isso existe...

Por fim, meu Deus, pergunto a quem puder me ouvir: como ocultar a força de lendas e mitos em nossas religiões? Se inventaram a papisa Joana, foi porque ela precisava existir. Penso, realmente, que ela existiu.

E jamais me esqueço de Priscila...

Pregava como se fosse um padre.

Diria eu, mais apropriadamente, madre.

Pediu a Apolo que saísse do púlpito e ensinou melhor do que todos sobre o nosso mestre e sua pregação.[43]

Apolo só conhecia os batismos.

Priscila e seu marido eram, conforme o próprio Paulo disse em outras palavras, dois pilares da Igreja que começava a crescer.

Arriscaram suas vidas em nome do Cristo.[44]

Por que não surgiram outras Priscilas?

Porque não deixaram, ora!

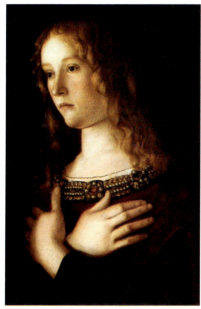

Detalhe de *A Virgem e o Menino com as santas Catarina e Maria Madalena.*
Giovanni Bellini, c. 1490
Galeria da Academia de Veneza

Maria Madalena.
Leonardo da Vinci, c. 1515
Acervo particular

A Madalena Arrependida.
Domenico Tintoretto, c. 1598
Museus Capitolinos, Roma

Marta e Maria Madalena.
Caravaggio, c. 1598
Instituto de Artes de Detroit

Maria Madalena.
Frederick Sandys, c. 1859
Museu de Arte de Delaware

Maria Madalena.
Ambrosius Benson, séc. XVI
Museu Groeninge, Bruges

A Madalena chorando.
Mestre da lenda de Madalena, c. 1525
Galeria Nacional, Londres

Cristo e Maria.
Lucas Cranach, o Velho, c. 1516-20
Palácio de Friedenstein, Gota

A conversão de Madalena.
Artemisia Gentileschi, c. 1620
Palácio Pitti, Florença

Santa Maria Madalena.
Mestre da lenda de Madalena, c. 1525
Gemäldegalerie, Berlim

Maria Madalena.
Luis Tristán, 1616
Museu do Prado, Madri

A assunção de Maria Madalena.
Jusepe de Ribera, 1636
Real Academia de Belas-Artes de São Fernando, Madri

Santa Maria Madalena.
Carlo Dolci, c. 1640-59
Acervo particular

Busto relicário de santa Maria Madalena.
Basílica de Saint-Maximin-la--Sainte-Baume
©Association Santo Madaleno

Suposto crânio preservado de Maria Madalena.
Itto Ogami/Wikimedia Commons, 2009
Basílica de Saint-Maximin-la--Sainte-Baume

Maria Madalena.
Cicero Moraes/Wikimedia Commons, 2015
Reconstituição facial digital a partir do crânio

Apesar de entristecer-me com a falta que as mulheres fazem nos altares, alegro-me pelas sacerdotisas de algumas igrejas distantes de Roma. Nosso mestre certamente estaria orgulhoso, pois o que lhe importava, antes de tudo, era a propagação do amor.

Sacerdotisas do mundo, alegrem-se: somos irmãs!

Mas ainda gostaria de ver nos domínios do Vaticano, ou na Igreja Ortodoxa do Oriente, ou na Rússia, ou nos templos que brotam às margens do Mississippi, gostaria de ver sacerdotisas seguidoras da grandiosa Priscila, ou um convento de poderosas madres inspiradas na corajosa Joana.

Por que não, meu Senhor?

Espero que o papa Francisco tenha forças para mudar essas coisas. Espero que enfrente as forças malignas que emperram a roda do tempo e da renovação. É apenas uma questão de tempo, eu sei.

Incrível, meu Deus, como o tempo se parece com o Senhor!

Ou será que o tempo é o Senhor? Pois não há nada que ele não cure.

E não há nada que o Senhor não cure também.

Não há nenhuma verdade que possa dormir para sempre.

10

Para acabar com as dúvidas sobre nossa vida privada

"Que me beije com os beijos de sua boca!"

É o mais belo dos Cânticos de Salomão e foi citado até por Gregório, quando quis falar mal de mim em sua famigerada homilia.

Mas continua belo.

Um Cântico dos Cânticos, como o que cantam para mim nas procissões francesas.

"Seus amores são melhores que o vinho."

É o primeiro.

Não o primeiro amor...

O primeiro cântico.

Inspirador.

"O cheiro dos teus perfumes é suave."

Sugestivo.

"Seu nome é como o óleo escorrendo.

E as donzelas se enamoram de você."[45]

Mesmo que eu evitasse a polêmica, mesmo que eu entendesse que qualquer coisa que acontece entre quatro paredes tenha o direito de assim ficar, uma hora alguém iria falar do assunto que tanto sono me tirou.

Fui ou não fui a mulher de Jesus? Chega a ser engraçado...

Eu mesma pergunto, como se fosse obrigada a falar do que só interessaria aos enxeridos. Até que Gregório não se enganou dessa vez. "É apropriado que ela deseje o beijo do Criador", disse o papa.[46]

O beijo do Senhor, Gregório?

Era isso o que você queria dizer?

"Enquanto ela se faz pronta a obedecê-lo através de seu amor."

Sim, Gregório! Todo o meu amor ao Criador, e ao nosso mestre, mas nada a dizer sobre as especulações invasivas que fizeram e continuam fazendo.

Assim sempre pensei! E talvez eu estivesse certa em nosso tempo. Mas depois que o mestre mudou a história do mundo... Já não sei se tenho o direito de guardar segredo sobre alguma coisa que Jesus Cristo me fez ou disse.

Desde que encontraram os evangelhos perdidos do Egito, o burburinho recomeçou.

E eu até entendo a razão...

Começando pelo que foi dito no Evangelho de Felipe.[47]

Nosso mestre esteve sempre acompanhado de três mulheres, e as três se confundiam numa só. "Maria é o nome de sua irmã, sua mãe e sua companheira."

Mais adiante, o comentário é mais direto: "A companheira do Salvador é Maria de Magdala. O Salvador a amava mais do que a todos os discípulos, e ele a beijava na boca frequentemente."

Não pode ser um beijo como o do Cântico?

Um dia meus irmãos foram tirar a dúvida com o mestre.

"Por que você a ama mais do que a nós?"

Não sei se ele me amava mais do que aos outros. Talvez eu é que o amasse mais, o compreendesse mais, e fosse mais capaz de ajudá-lo nos momentos difíceis.

Alguns deles eram muito ansiosos para chegar logo ao reino.

Outros queriam ser os preferidos.

E eu não exigia nada.

Nosso mestre lhes disse: "Se uma pessoa cega e uma que tem visão estão no escuro, elas são a mesma coisa. Quando a luz vem, aquela que pode ver verá a luz, e a pessoa cega vai ficar na escuridão."

Não penso que eu fosse a luz. Mas também não era a escuridão.

A especulação sobre nosso casamento levou a uma descoberta surpreendente: um grupo de pesquisadores encontrou umas urnas onde estariam os ossos de certa Maria, casada com certo Jesus. Estariam ali em Jerusalém os ossos do casal e de seu filho.[48]

Acho estranho...

O mestre ascendeu aos céus.

E foi parar num ossuário?

Não penso que tenha saído do túmulo de Arimateia para viver uma vida comum.

PARA ACABAR COM AS DÚVIDAS SOBRE NOSSA VIDA PRIVADA

Parece que estão pensando que ele saiu vivo da cruz.

Só se fosse um grande enganador de multidões...

Uma espécie de Dositeu, ou de mago Simão.

Um enganador como aqueles praticantes de necromancia!

Falsos messias!

Ora, se isso fosse verdade...

Além de prostituta arrependida, eu seria também uma farsante!

E teríamos vivido escondidos... para rir dos que acreditaram no Salvador?

Um pequeno papiro encontrado recentemente disse que o mestre se referiu a mim como sua esposa.[49]

Sinto-me honrada...

Apesar de serem apenas oito linhas incompletas, dá para entender algumas coisas: algum amaldiçoado disse que eu e sua mãe não podíamos estar entre seus discípulos.

"Minha esposa, ela é capaz de ser minha discípula."[50]

É certo que o mestre diria algo assim em minha defesa.

"Deixe as pessoas maldosas..."

Nada é muito claro no papiro, nem mesmo que falasse de mim.

Mas foram muitas as vezes que disseram que eu, Madalena, era a mulher de Jesus.

Um livro de ficção ficou momentaneamente tão famoso quanto a Bíblia ao dizer, inclusive, que nossos descendentes eram parte de uma sociedade secreta e que eu tinha levado o cálice sagrado da Última Ceia para a França.

Disseram até que o útero de Madalena era o Santo Graal. Meu útero, meu Deus!

Disseram que de mim havia surgido uma linhagem sagrada de reis franceses, e que todos eram descendentes de meu suposto casamento com o Salvador.

Sangraal viria do francês: sangue real.

Convenhamos...

Escritores que viveram quase dois mil anos depois não poderiam saber de nada tão exclusivo sobre nós.

A ficção, afinal, é fascinante.

Mas não gosto quando dizem que é história aquilo que qualquer estudioso sabe que é ficção.

É a isso que agora chamam de *fake news*?

Meu Deus, quanta coisa inventaram em meu nome!

E ainda agora o fazem.

Voltando à questão do casamento real, ou irreal, veja o que disseram alguns dos primeiros cristãos! Pregavam que casamento era o mesmo que fornicação e que havia sido criado pelo diabo.

Os mesmos cristãos disseram que nosso mestre nunca foi casado, querendo mostrar que compreendiam os evangelhos melhor que ninguém.[51]

O Novo Testamento nunca disse que Jesus havia sido casado, e também não negou. A polêmica, até onde sei, veio depois. Honestamente, pouco importa o que vivi com Jesus nos momentos em que estivemos a sós.

PARA ACABAR COM AS DÚVIDAS SOBRE NOSSA VIDA PRIVADA

Afinal, "o que é a verdade"?

"O que escrevi está escrito."

Foi Pilatos quem disse essas coisas, eu sei.[52]

Pois, que assim seja.

Ecce quaestio... eis a dúvida.

Amém!

Interessa-me muito mais a importância simbólica que deram ao nosso relacionamento, que sempre será o relacionamento entre uma mulher e um rabino.

O mesmo Evangelho de Felipe que disse que eu era a companheira do Salvador me apresentou como se eu fosse Sofia.

Para ele, Sofia, a sabedoria, era a mãe de todos os anjos.

E ele me via como uma companheira do Jesus humano, mas entendia também que eu fazia parte de um plano divino: a encarnação de Jesus e seu projeto de salvação.

É claro que me sinto feliz ouvindo coisas assim.

Se eu tive filhos com o mestre?

Se desejaria ter tido?

Orgulho-me muito ao saber que nossos filhos são a humanidade inteira e que, de certa forma, desempenhei o papel que me foi reservado na salvação.

Se o plano se cumpriu como deveria?

O Senhor sabe a resposta.

Sabe, certamente, muito melhor do que eu.

A mim nunca me interessou a vida alheia.

O que Maria e Cleofas faziam na gruta onde viviam não me interessa. Tampouco me interessam detalhes da vida privada de Safira e Ananias. O que me vale é saber que, juntos, decidiram seguir os ensinamentos do nosso mestre.

Não julgo.

O Senhor julga?

Dizem que tem preferência pelos filhos que não se casam.

Não disse que era para multiplicarmo-nos?

Não era para enchermos a terra, meu Deus?

Perdoe a franqueza...

Às vezes o Senhor se contradiz...

11

Nossa última caminhada juntos

Lascia ch'io pianga...

"Deixa eu chorar, destino cruel!"[53]

E que eu também possa suspirar em liberdade, como sonhava Almirena em seu cárcere na época das tristes Cruzadas, pois, se continuássemos caminhando juntos por mais tempo, o mestre e todos nós, não sei o que teria sido desta Madalena que finalmente respira os primeiros ares da libertação.

Lascia ch'io pianga...

"Deixa eu chorar para que minha tristeza rompa as correntes do meu martírio, apenas por misericórdia!"[54]

E eu compartilho os sentimentos de Almirena.

Sei muito bem o que é ser encarcerada na prisão do machismo, ser tratada como intrusa na cúpula dos superiores.

Sei muito bem!

E sei também o quanto Pedro foi perdendo a paciência comigo.

Não aceitava uma mulher forte ao lado do mestre.

Outros apóstolos também se queixavam, mas era ele quem vivia querendo livrar-se de mim.

Nunca entrei naquela disputa pois sempre soube que havia um lugar para mim no coração do Salvador, fosse nas reuniões em que decidíamos como enfrentar saduceus e romanos, fosse nos momentos em que estudávamos a sagrada Torá e as profecias, ou em nossas refeições comunitárias, em volta da mesa, como aprendemos com o Batista, como naquela ceia que para sempre me deixará com vontade de chorar.

Lascia ch'io pianga.

Era quando compartilhávamos o pão...

E o cordeiro assado...

E o vinho, quando havia.

Da Vinci retratou a ceia-do-espanto-de-todos-nós.

Pedro a meu lado, dedo em riste: o que faz uma mulher aqui?

Foi num desses momentos em que estivemos todos juntos, um pouco antes da famosa ceia, justamente quando eu menos esperava, que Pedro foi mais longe e me ameaçou sem pudor.

Não entro em detalhes aqui.

Não quero acusá-lo de algo sem testemunhas dispostas a confirmar. No entanto, precisei dizê-lo ao nosso mestre. E algum escriba registrou o momento em que me levantei para falar.

"Meu Senhor, minha mente sempre me diz que devo vir à frente falar cada vez que compreendo suas palavras, mas estou apreensiva com Pedro, porque ele me ameaça e despreza o sexo feminino."[55]

NOSSA ÚLTIMA CAMINHADA JUNTOS

Nosso mestre nunca condenou Pedro com veemência diante do grupo. Talvez porque quisesse ouvir sua versão dos acontecimentos em particular, por não querer julgamentos apressados, por respeito ao grande apóstolo que, afinal, preciso reconhecer, Pedro era.

Mas o mestre nunca deixou de dizer o que era mais importante: ninguém poderia tirar nossa liberdade.

Fôssemos mulheres ou homens, devíamos ser ouvidos.

"Qualquer um que estiver tomado pelo Espírito da Luz e deseje vir à frente... ninguém poderá impedir!"[56]

Mas toda mulher que já sofreu a opressão de um homem sabe tanto quanto eu que palavras não bastam para acalmar nossas angústias e nossos medos.

A força física ainda é uma desvantagem, e até hoje mulheres enfrentam homens que pretendem dominá-las com tortura psicológica, socos no estômago e coisas piores.

Quem nunca escutou a vizinha apanhar do marido?

Quem ao menos não ficou sabendo sobre uma mulher oprimida, mesmo que fosse pela violência das palavras?

Eu, Madalena, tive muito medo.

E adoraria que alguém tivesse metido a colher, ainda que Pedro e eu não fôssemos nada parecidos com marido e mulher.

Que o Senhor me livre!

Só me acalmei, lamentavelmente, quando a situação em torno de nosso grupo começou a se agravar, e o mestre decidiu que já estava na hora de ir a Jerusalém.

E lá fomos todos nós.

Sandálias na terra...

Subindo e descendo montanhas.

Da Galileia para a Judeia.

Confesso que ainda não havia percebido nenhuma maldade no irmão Judas, chamado Iscariotes. E jamais entendi como foi possível que alguns apóstolos tivessem passado aquela viagem inteira discutindo qual deles era o maior.

O mestre não gostou nem um pouco da atitude mesquinha. Convenhamos...

Ele, preocupado com a salvação, e nossos irmãos pensando em promoção.

"Quem quiser ser o primeiro será o servente de todos!"[57]

Lembro-me de ouvi-lo dizer.

"Melhor entrar para a vida mutilado do que ter duas mãos e ir para o inferno!"

O mestre tinha perdido a paciência. Não aceitava mais as pequenezas de alguns. E era mesmo necessário que ele desse o exemplo, pois havia uma multidão atrás de nós. Pedro sempre na frente, e eu ali também, ao lado do mestre. Assim fomos.

O povo logo percebeu que era o messias chegando. Vieram perguntar-lhe sobre o caminho para a vida eterna. Como se fosse simples assim... Como se o mestre pudesse parar numa esquina e apontar, dizendo "Vá por ali, vire à esquerda e você encontrará uma ladeira que leva diretamente ao meu Pai".

Ora...

Se o Senhor me permite, vou explicar o que penso: a eternidade não é um lugar para onde a pessoa compra passagem e viaja.

O mestre sempre deixou isso claro.

Quando foi responder ao homem que queria a vida eterna, lembrou-o de alguns mandamentos. Lembrou também que não era permitido desejar as coisas dos outros.

Sua luz brilhava com tanta intensidade que muitas pessoas não conseguiram ver Jesus em sua chegada a Jerusalém.

Eu mesma às vezes ficava cega com tamanha luminosidade.

Mas, ao passarmos perto do Templo, como já começavam as oferendas da Páscoa, foram nossos narizes que ficaram aguçados, sentindo um cheiro que sempre foi, para mim, o cheiro da morte.

Não falo da morte de Jesus...

Não ainda.

Naquele momento, ainda acreditávamos que ele encontraria uma solução para as acusações cada vez mais duras que nos atiravam na face. Sempre pensei que o mestre fosse mostrar que era o messias, que o povo o aclamaria e conseguiríamos mudar as coisas que andavam erradas em Jerusalém.

Ah... os sonhos de minha juventude!

O cheiro dos animais que o povo oferecia aos sacerdotes, e que eles queimavam em seu forno sagrado, dava-me enjoo. E eu sentia nojo ao me lembrar de que havia uma lei dizendo que o Senhor só aceitava oferendas se os animais fossem machos.

Perdoe-me a franqueza...

Mas o Senhor há de convir!

Quanto desprezo pelo sexo feminino.

Pobres ovelhas: inferiores aos cordeiros.

Pobres vacas.

Até nelas os machos do Templo viam defeito.[58]

Quais eram afinal as impurezas das vacas, meu Deus?

E a pureza dos bois?

Que mentes criaram o Levítico, a famosa lei?

O Levi que esteve entre nós não concordava com isso.

Penso que não descendia da linhagem dos sacerdotes sagrados que levava seu nome.

O bom irmão me defendeu quando me viu em apuros.

É verdade que mais tarde os mesmos senhores do Templo acabaram com os sacrifícios.

Nossos templos eram outros.

Os tempos também.

Mas não penso que nada daquilo agradasse ao Senhor.

Algum dia agradou?

Quase dois mil anos se passaram e a velha lei continua nos condenando à submissão. Recuso-me a aceitar que as mulheres continuem relegadas aos cantinhos nas sinagogas de Jerusalém.

Homens tementes de chapéus pretos e barbas compridas continuam acreditando que são os doutores da lei, defendendo que o sagrado não se pode mudar, que sagrado é o macho, que a fêmea é a metade impura da espécie.

Saibam que não somos fruto de uma costela emprestada!

Nem Amélias que dizem amém a seus amados.

Livrai-nos da cegueira tola de Poliana!

E não somos tampouco "adúlteras por natureza", como muitas vezes disseram, querendo justificar o horror dos grilhões com que nos impuseram a castidade.

Alguns dias depois da nossa chegada a Jerusalém, finalmente fiquei sabendo que Judas havia vendido sua lealdade. E enfim orgulhosa de Pedro ao vê-lo lutar pelo mestre, revoltada por não poder fazer nada contra os soldados do Templo, gritei... e atirei pedras contra eles.

Mas fui vencida...

Fomos todos vencidos.

Sentei-me sobre uma pedra debaixo de uma das oliveiras do Getsêmani e chorei compulsivamente, até que, mais calma, decidi fazer alguma coisa.

12

Nosso primeiro adeus

Levaram nosso mestre e eu tive certeza de que ele jamais voltaria, ainda que nos houvesse dito que iria ressuscitar. Depois de Lázaro, eu sabia muito bem que ele era capaz de fazer qualquer milagre. Ainda assim, senti como se tivessem arrancado meu coração para jogá-lo na fogueira do Templo.

Desde o dia em que nos vimos pela primeira vez, quando eu ainda tinha muitas inseguranças sobre as coisas do espírito, quando ainda carregava sete tristezas dentro de mim, desde aquele dia que Lucas Evangelista eternizou como o dia do exorcismo dos sete demônios, foi a primeira vez que nos separamos.

Éramos tão unidos que disseram que a pele que encobria meu corpo havia grudado nos ossos de Jesus.

"Pedro o negou, os dez apóstolos se afastaram, mas a coragem do Salvador ainda podia ser encontrada em Maria Madalena."[59]

Relembro essas palavras do príncipe Maurus, arcebispo de Mainz, apenas para mostrar que não estou inventando ou me vangloriando indevidamente.

NOSSO PRIMEIRO ADEUS

Segui o mestre com alguns discípulos e acabamos por descobrir que o haviam levado para a casa do maldito sumo sacerdote.

Caifás era rei disfarçado! Dizia ao povo que era um homem sagrado, mas vivia rodeado de bajuladores, escravos a servi-lo, e ele a bajular os romanos.

Então levaram nosso mestre para que aquele homem sem lisura pudesse julgá-lo.

No momento em que ele saiu de lá amarrado e condenado, as lágrimas escorreram por todo o meu corpo.

Pedro havia se afastado de nós.

No dia seguinte, já naquela sexta-feira que jamais esquecerei, fiquei ao lado de Maria Santíssima.

Como foi possível que soltassem o prisioneiro assassino e condenassem um messias sem crimes?

As palavras do povo raivoso ainda latejam em meu coração.

Enquanto minha luz se mantiver acesa, me lembrarei daqueles rostos suados, aqueles dentes saltando das bocas, e a saliva, e o ódio daqueles que gritavam "crucifica ele" sem saber que o homem que estavam condenando era o Cordeiro do Senhor.

Vimos juntas, as duas Marias, o momento em que Pilatos, com aquela pompa, acreditando que ele próprio era o imperador, lavou suas mãos sem jamais livrá-las das manchas de sangue.

Como se não fosse uma decisão romana crucificar Jesus!

E como foi ridículo vestirem meu mestre com roupas de cor púrpura.

Ele era um rei, sim, digo a quem puder me ouvir!

E carregou sua cruz com uma dignidade que era só sua.

Nós o acompanhamos chorosas por todo o caminho de pedras.

Vimos nosso messias cair muitas vezes. Não pense que foram apenas três tombos.

Só ele sabe o peso da cruz!

E não me venham dizer que foi Simão...

O pobre homem de Cirene só o ajudou lá no fim.

"Filhas de Jerusalém, não chorem por mim!"

Havia também mulheres que não conhecíamos, as famosas portadoras de líquidos calmantes, a clemência dos condenados.

E deram-lhe de beber.

"Eis que virão dias em que se dirá: felizes as estéreis, as entranhas que não conceberam e os seios que não amamentaram."[60]

Tive a impressão de que Jesus o disse olhando para mim. Não sei...

Pensava que o tempo todo ele olhava para mim ou para a luz de sua mãe, que quase se apagava a meu lado.

"O amor é mais forte que a morte. Foi o que se viu na paixão do Senhor, quando o amor de Maria Madalena não morreu."[61]

O príncipe Maurus, de novo ele, falou a verdade.

Foi um dos primeiros a me chamar de apóstola sem medo de ser crucificado por sua valentia. Foi também um dos primeiros a lembrar que estive o tempo todo aos pés da cruz.

"Cristo foi perfurado com pregos... a alma de Maria Madalena foi perfurada com um lamento profundo."[62]

Mesmo quando meu mestre disse que a vontade do Senhor havia se cumprido, fiquei ali.

Olhava para a cruz, via o céu se fechando, o sangue escorrendo, e não perdia a esperança de que ele falasse alguma coisa comigo.

Não me lembro de tê-lo ouvido reclamar do Senhor.

Não me pareceu que o mestre se sentisse abandonado.

Éramos muitos ali, a seus pés.

O sangue real escorreu sobre nós.

E o Senhor se manifestou.

Maria Santíssima caiu desmaiada ao ver seu filho partir.

Fico aliviada lembrando-me de que ela não sofreu quando o soldado chegou com a lança para perfurar o mestre mais uma vez. Foram poucos de nós os que viram sair água e sangue de seu sagrado coração.

Eu estava abraçada a Maria Santíssima.

Havia algumas mulheres perto de nós.

E alguns apóstolos também.

Finalmente, fechei os olhos.

Dizem que o céu ficou escuro por algumas horas.

Despertei quando Arimateia chegou, Nicodemos com ele, querendo levar o corpo do mestre para um jardim. Arimateia era homem importante no Sinédrio, respeitado até por Pilatos. Foi voto vencido na condenação do mestre.

Não posso dizer que senti alívio...

Nada traria de volta o nosso amado.

Mas aquilo me confortou.

O mestre não seria deixado aos cachorros.

Não viria nenhum corvo arrancar-lhe os olhos.

Se o fizessem, não sei com que roupas ele iria ressuscitar...

Como vestiria seu espírito iluminado quando desejasse voltar para mostrar-nos que o desejo do Senhor estava realmente cumprido?

Talvez encontrasse outras roupas.

Talvez o víssemos apenas na forma de luz.

Tenho certeza de que o messias encontraria uma forma de voltar até nós, mesmo que seu corpo fosse comido pelos animais carniceiros.

Mas, como eu dizia, Arimateia chegou para trazer-nos conforto.

Fomos, um grupo grande, levando o corpo do mestre até o jardim que havia ali perto, onde Arimateia mandara preparar um túmulo para o dia de sua própria morte.

Dessa vez, sim, fui eu a Maria que passou óleo no corpo de Jesus. Não beijei apenas seus pés pintados de sangue divino. Beijei suas mãos crivadas. Acho que foi João quem retirou a coroa espinhosa de sua cabeça. Senti o suor e o sangue em cada uma de suas chagas. Limpei-o com o pano que Nicodemos me deu. Espalhei os óleos sobre seu corpo sagrado.

Eu o fiz como se o fizesse sua mãe, pois Maria Santíssima ainda estava inconsolável, sem forças sequer para levantar-se da pedra onde João a colocou para descansar.

Eu o fiz com todo o amor que ainda carrego dentro de mim.

Vesti o rosto do mestre com o sudário.

Cobrimos seu corpo inteiro com linho branco.

Os homens rolaram a pedra na entrada do túmulo.

Quando o deixaram no escuro, senti uma culpa terrível.

Não queria deixá-lo sozinho ali dentro.

E fazia tanto tempo que não ficava só…

Sempre rodeado de pessoas que o amavam e o seguiam.

Como me senti mal quando pensei que teria de ir embora e entregá-lo aos vermes…

Temíamos que os romanos mudassem de ideia, convencidos pela fúria dos saduceus. E eles colocaram guardas na frente do túmulo. Temíamos que os soldados do Templo viessem atrás de nós para levar o corpo do mestre, ou que quisessem exibir o Cordeiro de Deus como bode expiatório no Pátio dos Comuns.

Mesmo sabendo que Pilatos dera permissão a Arimateia para retirá-lo da cruz, sabíamos o quanto os sacerdotes do Templo queriam impedir-nos de enterrar nosso mestre. Queriam que o corpo tivesse ficado ali por três ou quatro dias para dar exemplo a outros pregadores. Queriam ter visto nosso mestre apodrecendo no alto da cruz.

Não se contentavam com a cabeça do Batista?

Não bastavam todos aqueles crucificados nas vésperas?

Se não deixaram o messias viver, podiam ao menos deixá-lo morrer em paz.

Mas algo dentro de mim dizia que ele voltaria.

E eu seguia imaginando com que roupas vestiria sua luz.

Por tudo o que nos havia dito, eu esperava que ele voltasse dos céus para nos contar sobre a longa viagem e concluir seus ensinamentos.

Será que Jesus precisaria descer ao inferno para ter com o diabo e livrar todos nós dos pecados que sempre nos disseram que carregávamos?

Será que a culpa de Eva jamais seria esquecida?

Alguém falou com ele sobre esses assuntos na mansão dos mortos?

Havia muitas coisas que eu esperava que ele me explicasse.

E pode ter certeza: eu moveria montanhas para voltar a vê-lo.

13

Nosso reencontro iluminado

Ainda estava escuro quando Salomé, Joana, eu e as outras mulheres saímos em direção ao jardim. Tínhamos muito medo de que nos reconhecessem e pudessem nos atacar por saberem que éramos discípulas do crucificado, aquelas mulheres "estranhas" que haviam deixado suas famílias para seguir o messias que acabava de ser condenado e executado. Por isso, saímos da casa onde nos abrigamos naqueles dias antes que Jerusalém despertasse.

O mestre havia sido bastante claro em seus ensinamentos, e meu coração me dizia que era para acreditar.

Ao terceiro dia, eu mesma dizia, murmurando sozinha. Confesso que depois de ver o que fizeram com seu corpo, cheguei a temer que não fosse possível.

Passei o sábado inteiro em lágrimas, pensando que jamais voltaria a vê-lo. Mas sempre que esse pensamento negativo me vinha à cabeça, eu logo pensava no mestre como um espírito. Lembrava-me de suas explicações sobre as roupas que vestimos e a possibilidade de trocá-las.

Aquele pensamento me deixava mais tranquila.

Sabia que ele poderia voltar em qualquer outro corpo. Bastava que o desejasse.

Assim mesmo, assustei-me quando cheguei com as outras mulheres ao jardim do túmulo e vi que a pedra que o tampava havia sido movida.

Elas estavam com medo e ficaram um pouco recuadas.

Quando entrei, sozinha, não vi o corpo do mestre. Meu coração disparou.

E comecei a chorar.

O lençol que usamos para protegê-lo estava num canto.

Vi ali também o sudário, dobrado, como se alguém o tivesse retirado cuidadosamente do rosto de Jesus.

Será que o mestre se preocuparia com esse detalhe? Ou foi ironia de quem roubou seu corpo?

Eram meus pensamentos atordoados.

Estava numa confusão mental tamanha que nem sequer me assustei quando vi os anjos em suas vestes reluzentes.

Aquilo, sim, era como eu havia sonhado!

Emanações de luz enviadas pelo Senhor...

"Mulher, por que você chora?", eles perguntaram.[63]

Era óbvio que eu choraria ao encontrar aquele túmulo vazio!

"Roubaram o corpo de Jesus e não sei para onde o levaram."

Respondi algo assim aos dois anjos.

E logo fui tomada de espanto.

Os anjos desapareceram, e um jardineiro veio falar comigo.

"Por que você chora? Quem está procurando?"[64]

Sim, o jardineiro não teria obrigação de saber que eu estava aterrorizada com o fato de terem roubado o corpo do meu mestre.

Espero um dia ser perdoada, mas, mesmo sem provas, naquele momento, meu coração resolveu acusar aquele estranho.

"Se você o tirou daqui... diz-me onde o colocou!"[65]

É assim que meu coração se recorda.

E ao recordar-me, sinto uma culpa mortal!

Como posso ter pensado que aquele homem era um jardineiro se quem estava diante de mim era o próprio Jesus?

Mais tarde, ao descobrir que cada um de nós viu o mestre ressuscitado de uma forma diferente, senti alívio. Ficou mais claro para mim que ele realmente tinha o poder de se transformar.

"Não está vendo ali aquele homem bonito, justo e alegre?"[66]

A visão de João, pelo que disseram que nosso irmão relatou, foi completamente diferente da visão que teve o irmão Tiago.

As palavras são ainda do irmão João...

"Ele apareceu a mim como um homem calvo e com uma barba grande e grossa. Mas apareceu a Tiago como um jovem que tinha a barba fina apenas começando a crescer."[67]

Pelos muitos depoimentos que ouvimos, ficou perfeitamente claro que nosso mestre vestiu muitas roupas diferentes depois de sua Ressurreição.

Algumas vezes apareceu a João como um homem pequeno e sem muita beleza. E, depois de tudo o que testemunhou, nosso irmão chegou a uma conclusão que, agora, tanto tempo depois, me parece perfeitamente acertada.

"Às vezes, quando quis tocá-lo, encontrei um corpo sólido e material", João disse, "mas, em outras vezes, quando o senti, sua substância era imaterial e incorpórea... como se simplesmente não existisse."[68]

Até mesmo os discípulos que viram o mestre em Emaús não conseguiram reconhecê-lo. E um deles era Cleofas, o marido de Maria, que, mesmo conhecendo Jesus muito bem, perguntou se ele próprio não sabia que Jesus estava morto.

"Será você o único a visitar Jerusalém que ignora os acontecimentos que lá se passaram nestes dias?"[69]

Cleofas contou-lhe sobre a crucificação, sem jamais imaginar que era o mestre quem o escutava.

"Nós esperávamos que ele viesse resgatar Israel... mas já é o terceiro dia... e algumas mulheres do nosso grupo nos deixaram confusos."[70]

Ora, até você, Cleofas, duvidando de nós?

"Vieram dizer que tinham visto anjos que afirmavam que ele vivia. Alguns dos que estão conosco foram ao sepulcro e encontraram tudo como as mulheres tinham dito, mas a ele, não o viram."[71]

Será que Cleofas passou todo esse tempo diante de Jesus e não o reconheceu porque naquele dia nosso mestre habitava um outro corpo?

O mestre não costumava ser gentil com homens de fé vacilante. Pedro sabe bem do que estou falando!

"Ó homens sem inteligência e lentos no coração para crer em tudo quanto os profetas anunciaram. Não tinha o Cristo de sofrer essas coisas para entrar na sua Glória?"[72]

Chego a rir...

Peço perdão, Senhor, mas o mestre foi muito espirituoso!

E depois, quando aceitou o convite para jantar e partiu o pão, dizendo a bênção como sempre dizia, finalmente eles conseguiram vê-lo.

Mas veja...

Nosso mestre quis apenas demonstrar a Cleofas e aos outros homens que havia ressuscitado, pois é certo que não permaneceu muito tempo àquela mesa.

Lucas Evangelista também reparou que Jesus mudava de forma, e até desaparecia.

Disse que ele "tornou-se invisível à vista deles".[73]

Sei que muita gente poderá se incomodar ao perceber que falo de Jesus como um espírito. O juramento que muitos fizeram baseados nos ensinamentos dos apóstolos, o Credo Apostólico, nascido pouco depois de todos esses fatos que estou contando, determinou claramente que todo cristão deveria acreditar na "ressurreição da carne".[74]

Mas o que estou dizendo não contradiz o Credo...

Eu, Madalena, atesto que vi o corpo de Jesus ressuscitado!

Não posso ser mais clara do que isso.

Acredito no que os meus olhos viram!

Mais do que isso, dou meu testemunho.

O que mais querem?

No entanto, não vou esconder de ninguém que também o vimos em espírito, e que isso está nos documentos mais importantes, nas escrituras gnósticas e até mesmo nos evangelhos que católicos, protestantes, evangélicos neopentecostais e ortodoxos consideram as fontes mais importantes para a verdade.

Depois daquele jantar em que o mestre se revelou a eles e tornou-se invisível, quando Cleofas foi contar aqueles acontecimentos extraordinários para os onze apóstolos homens, Jesus mais uma vez surgiu de uma forma iluminada, como corpo humano nenhum seria capaz de fazer.

Sem que ninguém o visse caminhar, o mestre apareceu de pé, no meio deles!

"Espantados e com muito medo, julgavam ver um espírito", foi a maneira como Lucas Evangelista descreveu aquele momento.[75]

Afinal, se não fosse assim, se o mestre não fosse capaz de trocar suas roupas terrenas, como seria possível que eu o confundisse com um jardineiro?

Entendo a confusão na cabeça de Cleofas e dos onze apóstolos homens.

Eu mesma... Só depois de algum tempo percebi que o jardineiro era Jesus.

E ele disse meu nome.

"Maria!"

Respondi chorando e sorrindo ao mesmo tempo.

"Meu mestre!"

Quando caminhei depressa em sua direção, ele demonstrou que não queria que me aproximasse.

Mais do que isso...

"Não me toque! Ainda não ascendi para meu Pai."[76]

Lembro-me agora de palavras que não ouvi diretamente, mas que foram ditas pelo mestre, um pouco mais tarde.

Ao menos, disseram que foi assim...

"Eu me aproximei de uma habitação corpórea, expulsei aquele que estava ali dentro antes e entrei."[77]

Se foi o próprio mestre quem disse isso, então ele confirmou que era mesmo capaz de encarnar em qualquer corpo! Mas quando fui avisar os outros apóstolos, e quando todos, enfim, o encontraram, nosso mestre já estava outra vez habitando o corpo com o qual estávamos acostumados a vê-lo.

Era o mesmo corpo perfurado pelos pregos romanos, ferido pelos espinhos e pela lança do centurião.

Precisou mostrar suas chagas para que o reconhecessem.

E isso eu não entendo bem...

Bastaria ouvir suas palavras para eu reconhecer que estávamos diante do messias que o Senhor enviou para nos salvar.

Não reconheci o jardineiro porque o mestre assim quis.

Entendo menos ainda o gêmeo Tomé!

Não estava quando o mestre apareceu ao grupo de apóstolos e ficou duvidando do que lhe diziam.

Bem, num primeiro momento, todos os onze irmãos mais próximos (Judas Iscariotes já não estava entre nós) duvidaram da Ressurreição.[78]

Duvidaram de todas as mulheres, pois elas foram comigo contar a boa notícia, e eles acharam que o que dizíamos era pura tolice.

Pedro correu ao sepulcro santo e viu com seus próprios olhos que o corpo do mestre não estava lá. Demonstrando sua fé enorme, acreditou no mestre quando não o viu.

Tomé, no entanto, queria provas.

Penso que estava demasiadamente atado às coisas terrenas. Precisava tocá-lo.

"A não ser que veja nas mãos dele a marca dos pregos, e ponha meu dedo onde os pregos estiveram, e ponha minha mão na lateral de seu corpo, não acreditarei."[79]

Só alguns dias depois é que Tomé teve a oportunidade de comprovar que nosso mestre tinha mesmo voltado a estar no meio de nós. E assim ele ficou por alguns dias. Depois daquele domingo, esqueceram-se de mim.

Falaram muito sobre o que os nossos irmãos sentiram e viram, mas, novamente, esqueceram-se de Madalena.

Não me importo. Não mais...

Melhor esquecerem do que falarem da Prostituta Arrependida.

Agora, na procissão francesa, quando levam o crânio que dizem ter sido parte de meu corpo, não imaginam que minha alma ainda possa estar por perto a acompanhá-los.

Ou será que é o contrário?

Que é por isso que rezam por mim...

Pedem que os ajude a alcançar tantas graças que, honestamente, não sou capaz.

NOSSO REENCONTRO ILUMINADO

Faço o que posso, mas não tenho a luz divina que iluminava o mestre. Não tenho a capacidade de expulsar um espírito para entrar numa "habitação corpórea" e ressuscitar.

A Ressurreição foi o grande momento reservado a mim na história da salvação. Foi o papel de testemunha que me coube, agora ouso dizer, como representante das mulheres. E só depois apareceram os homens, muitos deles incrédulos.

Nunca entendi direito...

Se éramos secundárias em tudo, por que os homens que relataram a história nos permitiram ser protagonistas em momento tão nobre? Ou foi porque nos viram apenas como coadjuvantes, necessárias à confirmação daquilo em que todas nós sempre acreditamos sem que tivéssemos o mesmo ceticismo de Tomé, sem que nos sentíssemos obrigadas a ver para crer?

O que importa agora é que eu vi nosso mestre.

Enchi meu coração de alegria ao perceber que tudo em que eu havia acreditado era verdadeiro.

Eu o vi!

Fui a primeira testemunha.

E não preciso prová-lo a ninguém.

14

O dia em que meu mestre subiu aos céus

Convivemos com o mestre, em carne ou espírito, por alguns dias, até que ele decidiu subir para ficar ao lado do Senhor. Os irmãos lhe perguntavam se já havia chegado a hora em que ele libertaria Israel e daria início ao que todos nós esperávamos: o Reino dos Céus.

"Apenas o Pai tem autoridade para decidir essas datas e tempos, e não é para que vocês saibam."[80]

O mestre nos mandou esperar.

O Santo Espírito do Senhor desceria sobre nós.

Não sei exatamente quem estava conosco no momento em que uma nuvem enorme se aproximou e pairou sobre nossas cabeças.

Nunca mais vimos nosso mestre.

Quando foi contar esse episódio inesquecível, nos anos 800, o príncipe Maurus quis dar a mim um lugar especial.

Lembro-me de cada uma de suas palavras.

"Assim como antes o Salvador fez de Maria Madalena a evangelista de sua Ressurreição, agora ele a fez apóstola de sua ascensão aos apóstolos."

Mais de mil anos antes que o papa Paulo VI me reconhecesse como apóstola dos apóstolos, pois esse reconhecimento só veio em 1969, o querido príncipe já usava dessas palavras carinhosas para se referir a mim. Em tudo, ele sentia minha presença e destacava a importância da mulher que estava ao lado do mestre.

Jamais entenderei por que ninguém até o momento me colocou em igualdade com os doze apóstolos, sem que isso soasse como menção honrosa, gentileza ou prêmio de consolação.

Entendo que, lá atrás, o príncipe Maurus ainda estivesse preparando o terreno para enfrentar o machismo que imperava desde os nossos tempos.

Mas por que agora o papa Francisco ainda precisa dizer que sou apóstola "dos apóstolos" e não simplesmente apóstola de Jesus Cristo?

Penso que isso é porque seria difícil reescrever os evangelhos, especialmente onde está dito que Jesus escolheu doze homens.

Não precisam mudar nada. Escrevam outros livros!

Copiem o que estou dizendo...

Podem dizer apenas "Madalena, apóstola de Jesus", e deixar claro que os autores das escrituras viviam num outro tempo, e que jamais incluiriam uma mulher no grupo de seguidores principais do grande rabino.

Convenhamos...

MADALENA

Machismo é pior que lombriga.

Quando se apodera do ser humano...

Haja purgante!

Se os evangelhos se esqueceram de mim e não mencionaram sequer minha presença no dia da ascensão do nosso mestre, o príncipe Maurus devolveu-me o que, mais uma vez, me havia sido tomado.

E mais tarde, o santo Tomás de Aquino, dominicano como os frades franceses da Provença, grande filósofo italiano dos anos 1200, disse praticamente a mesma coisa a meu favor. Ele e o príncipe Maurus concordaram.

Afinal, como seria possível que eu não estivesse presente no dia em que o mestre subiu aos céus? Não abandonaria Jesus nem por um minuto, ainda mais depois de ser a primeira a ver sua luz quando ele voltou da mansão dos mortos.

Lembro-me de cada palavra do grande Rabanus Maurus. "Estando ao lado dos apóstolos na ascensão, apontando seu dedo para Jesus, ela demonstrou que era equiparável a João Batista, sendo mais que um profeta."

E ele disse mais...

Que, assim como o Batista esteve acima de todos os santos em sua conversão no deserto, Maria Madalena "não teve ninguém igual a ela em sua conversão maravilhosa e em sua intimidade incomparável com Cristo".

Será que não tive mesmo?

Não estou acostumada com tamanha gentileza...

São tantos os elogios que tenho dificuldade para escolher.

Mas não quero me fazer maior do que ninguém.

Quero apenas que esses depoimentos venham em minha defesa neste novo julgamento da história, ao qual, por vontade própria, me submeto perante o Senhor e todos os que queiram conhecer minha versão dos fatos.

O príncipe Maurus, sem dúvida...

E ao lado dele São Tomás de Aquino, o papa Paulo VI...

E como não lembrar de Levi...

E de Joana, e de Marta, e de Salomé...

Que valham os testemunhos femininos!

E João Paulo II...

E Francisco...

Tenho bons advogados e testemunhas.

Mas é sempre o príncipe Maurus quem melhor me defende.

"Maria Madalena enfrentou o que todos os que se amam enfrentam quando se separam, ainda que ela não tivesse realmente perdido seu amado, pois ele apenas partiu na frente para preparar um lugar para ela."

Espere!

Há um pouco mais...

"Quem ousaria dizer quanta ternura e quanto amor ela sentiu ouvindo o Salvador enquanto comia com ele, alegrava-se com sua presença e conversava com ele?"

É verdade, só eu sei o que senti.

E em meu coração ficará guardado.

Para sempre.

15

O que foi feito de nós

Naquele momento em que nosso mestre desapareceu atrás da nuvem, senti uma paz tão profunda que meu coração foi tomado por um amor ainda maior.

Amor pelas pessoas.

Pelos nossos irmãos e irmãs que estavam a meu lado.

Inseguros.

Alguns, chorosos.

Outros, pensativos.

Quando vi Pedro sentado sobre uma pedra, senti uma ternura que jamais havia sentido por ele, sempre ameaçada, ouvindo-o dizer que não me queria no grupo. Mas, naquele momento, comecei a vê-lo de outra maneira, e com o coração muito aberto.

Vi ali um homem de seu tempo... nosso tempo.

Bem diferente do mestre, mas coerente com a postura que eu esperaria de um pescador de Cafarnaum. Percebi que não poderia jamais condená-lo, e que não seria justo nem mesmo acusá-lo por não ter visto o que quase ninguém viu.

Não me arrependo de ter me defendido e levantado sempre que precisei enfrentá-lo, não mesmo. Mas, ao ver Pedro chorando, desconsolado com a partida do nosso mestre, tive vontade de abraçá-lo.

Deveria ter ido até ele...

Temi, no entanto, que não me recebesse.

Àquela altura, eu não saberia lidar com qualquer rejeição.

Nos dias que se seguiram, Pedro comandou diversas reuniões, levou o grupo à casa onde o mestre havia jantado conosco pela última vez antes da crucificação e, ali, já assumindo a posição de liderança, já demonstrando por que mereceria ser chamado de primeiro papa, fez uma espécie de eleição entre os homens.

Decidiu-se que Matias ocuparia o lugar de Judas.

O mestre tinha dito que ficássemos em Jerusalém até que o Espírito Santo descesse sobre nós.

E ali ficamos.

Maria Santíssima perto de mim, Pedro comandando as ações do nosso grupo, sempre temendo pela nossa segurança.

Até que chegou o momento da partida.

Quando Pedro e eu nos despedimos, sofri muito.

Não disse nada a ele, mas sofri.

Pensei que jamais voltaria a vê-lo.

Depois daquele dia, foram muitas as despedidas tristes. Tiago, filho de Zebedeu, logo pagou a sentença que nos impuseram a todos. Foi morto com uma espada, por ordens de Antipas, o mesmo desgraçado que cortou a cabeça do nosso querido Batista.[81]

Procuram-se os seguidores do mestre nazareno, parecia estar escrito em cada hospedaria, armazém ou mesmo nas praças públicas.

Tomé e Bartolomeu viajaram para a Pérsia.

Não está claro se foram pregar ou se foram fugir.

Até hoje não sei...

Contaram que foi também lá, onde agora chamam de Irã, que Simão, o Zelota, foi tentar converter os persas e acabou cortado ao meio com uma serra.

Judas Tadeu, também dizem que ele foi assassinado pelos persas.

Por que tantos apóstolos mortos na Pérsia?

O que foram fazer num lugar tão hostil?

Dizem que Tomé morreu na Índia.

Alguns apóstolos passaram pela ilha de Chipre.

Pedro também esteve por lá, e foi para Roma, e muitas vezes voltou para ver-nos e apascentar as ovelhas que haviam ficado.

Lembro-me agora do assassinato de nosso irmão Estevão como se tivesse acabado de acontecer.

Muitos seguiram para Antioquia, onde começaram a ser chamados de cristãos. Foi lá que Paulo começou sua grande jornada. Lembro-me de que, antes disso, quando queria acabar conosco, Paulo ainda atendia pelo nome de Saul, conforme disseram mais tarde.

Naqueles anos, comecei a perceber que nossos irmãos teriam muita dificuldade para permanecer unidos e, principalmente, vivos.

O QUE FOI FEITO DE NÓS

Sonhava com o dia em que o mestre faria sua segunda aparição e nos chamaria a todos, e nos orientaria de maneira tão bonita que voltaríamos a nos entender, como se não houvesse uma Babel de línguas incompreensíveis a nos separar.

Mas logo percebi que a maior dificuldade de nossos irmãos, especialmente os homens, era permanecer vivos.

Olhavam para nós, cristãos, como se fôssemos piores que os ratos.

Pedro foi preso e, graças a um anjo, conseguiu fugir.

João e André seguiram juntos em direção a Éfeso e levaram a palavra do nosso mestre ao Mediterrâneo.

Dizem que Maria Santíssima viajou com João, mas não me lembro disso... Sei que fizeram seu túmulo em Jerusalém. Disseram-me que André morreu crucificado na Grécia. Disseram também que foi queimado junto com Mateus. Sei que o mataram.

O querido João... parece-me que foi o único que não sofreu com a violência daqueles que nos detestavam.

Agradeço ao Senhor!

No entanto, jamais tive notícias dele.

Talvez tenha morrido depois de mim. Talvez tenha envelhecido e apenas deixado seu coração se apagar enquanto ensinava sobre o reino do Senhor.

Paulo nunca foi um dos doze, mas tornou-se uma espécie de apóstolo póstumo, ou apóstolo emérito, talvez. Suas cartas são testemunhas de como dedicou sua vida ao mestre, mesmo sem ter estado com ele, e conseguiu levar uma parte importante de seus ensinamentos ao resto do mundo, àqueles que não eram israelitas como nós. Orgulho-me de ter testemunhado, mesmo que à distância, a linda mudança que aconteceu no coração daquele santo homem.

O outro apóstolo Tiago, aquele a quem muitos de nós conhecíamos como irmão do mestre, recebeu uma das missões mais difíceis. E se o deixo para o fim, não é de maneira nenhuma por considerá-lo menos importante. Pelo contrário, estivemos muito próximos no horror que se tornaram as terras de Judá. Foi o querido Tiago quem comandou a nossa Igreja de Jerusalém, justamente quando os judeus que não acreditavam no mestre começaram a se voltar mais e mais contra nós.

Morreu apedrejado por ordens do sumo sacerdote e de seus conselheiros idosos. Exatamente o mesmo Sinédrio que mandou matar nosso mestre.

Pobre Tiago![82]

Jamais me esquecerei do martírio de nosso irmão. Abriu em mim uma ferida eterna.

Retorna ao meu coração aquela sexta-feira em que mataram o Salvador.

Os sangues de Jesus e de Tiago unem-se até hoje dentro de mim.

Quando Tiago morreu, a situação já estava muito complicada onde quer que houvesse um romano a nos governar.

Na própria Roma, um louco chamado Nero mandou queimar todos aqueles que identificou como seguidores do nosso

Salvador. E foi lá também, ao menos foi o que me contaram, que o querido Pedro sofreu o pior dos castigos.

Digo antes de qualquer coisa: ele cumpriu sua missão!

Levou as chaves que o mestre lhe deu e, mesmo que precisasse se esconder nos túneis subterrâneos, ainda que fosse nas medonhas catacumbas, plantou a semente da Igreja de Roma.

Choro cada vez que me recordo.

Não consigo sequer imaginar um destino tão miserável para nosso querido irmão!

Pedro foi crucificado quase da mesma forma como o foi nosso mestre.

Mas os romanos fizeram com que sofresse ainda mais, e o colocaram na cruz com os pés para cima e a cabeça para baixo.[83]

Quando recebi a notícia, meu sofrimento foi tão profundo que fui tomada pela desesperança e decidi desaparecer desse mundo.

Não disse a ninguém para onde ia...

E ainda agora prefiro guardar para mim o que fiz em meus últimos dias.

Posso lhe garantir que foram os mais tristes de minha vida.

O Senhor precisa me perdoar, mas foram piores até mesmo do que os que se seguiram àquela sexta-feira em que mataram meu mestre, pois naquele dia eu ainda tinha a esperança de ver nessa terra um governante enviado pelo Senhor. Ainda esperava pela ressurreição dos mortos.

Meu Deus, me perdoe pelas coisas que digo...

Mas nunca imaginei que a procura pelo Reino dos Céus fosse o holocausto de nossos irmãos.

Nunca imaginei que seríamos ainda mais tristes do que eu era antes de sair de minha casa em Magdala para conhecer o rabino que nos trazia esperança.

Peço perdão...

Eu verdadeiramente lhe peço que me perdoe, meu Senhor.

Sei que seus caminhos são tortuosos. Mostre-me, então!

Mostre-me as linhas certas onde o Senhor escreve!

Reviro minha memória e não as encontro.

Não vejo um único desígnio divino que acabe com a desigualdade entre os seres humanos. Não vejo o dedo de Deus em nada do que acontece na África de Tertuliano. Não vejo sua boa vontade para tirar as mulheres das mãos inclementes de homens ignorantes.

Perdoe-me, Senhor...

Perdoe-me a franqueza!

Mas às vezes olho para os lados, para cima e para baixo...

E não o encontro.

O Senhor me vê?

Ao menos me escuta?

16

Meus últimos dias sobre o mar e a terra

A história que vou contar agora não é um retrato fiel da realidade. E não estranhe minha decisão. Sei bem que muitas vezes o que se diz de uma pessoa ganha muito mais força do que aquilo que, de fato, ela fez e viveu. E construíram uma longa tradição em torno do que seria a minha história.

Já falei sobre o arcebispo Jacopo de Varazze.*

Grande nome numa longa tradição de ficcionistas cristãos...

Contou que, depois da morte do mestre, eu fiquei catorze anos em Jerusalém e que me juntei a um beato chamado Maximino, que teria sido apresentado a mim pelo estimado apóstolo Pedro. E que, com ele, Lázaro, Marta (insistem que éramos irmãos) e muitos outros cristãos, fui colocada num navio cujo destino era o naufrágio.

---

* Em português, Tiago de Voragine.

MADALENA

Pelo que diz essa lenda, que aliás virou uma grande verdade medieval repetida até agora, teria sido por vontade divina que todos nós nos salvamos e chegamos ao porto de Marselha, na França. O arcebispo disse que ficamos como mendigos e que fomos morar à porta de uma igreja.

Honestamente, não me lembro de nada disso...

Disse que o povo ficou admirado com a minha forma de pregar (finalmente reconhecendo em mim as qualidades de uma sacerdotisa, uma apóstola).

Lembro-me exatamente de sua literatura poética.

"Não deve causar admiração que a palavra de Deus saísse com suave odor da boca de quem, de forma tão bonita e piedosa, havia coberto de beijos os pés do Salvador."[84]

Gosto de elogios, claro que sim. Mas prefiro a verdade.

E já disse o quanto foi difícil provar que não sou a Maria que passou óleo perfumado nos pés do nosso mestre. Não naquele jantar. A única vez que passei óleo em seu corpo, como já contei, foi quando estava morto, antes que o guardássemos no túmulo de Arimateia.

O arcebispo Jacopo de Varazze quis atribuir a minha pregação de sacerdotisa (lhe agradeço) o fato de os franceses abandonarem seus rituais pagãos para se tornarem seguidores do Cristo.

Faltou dizer que meu útero era o Santo Graal!

E que meus descendentes (filhos meus com o mestre, certamente) formaram a dinastia merovíngia que governou a França por muitos séculos.

E que a Mona Lisa de Leonardo da Vinci sabia de tudo!
Chega a ser engraçado...

Se os reis merovíngios fossem descendentes de Jesus em seu casamento comigo, não penso que o papa Zacarias tramaria para tirá-los do poder. Ou, por acaso, Zacarias não sabia que se tratava de uma linhagem sagrada de reis?

Entendo que Quilderico III foi *rex falsus*...

Entendo.

O rei fantasma, um idiota, conforme disseram!

Mas se ele fosse mesmo descendente do sangue real, o sangue de nosso querido mestre unido ao sangue de sua apóstola Madalena, o Senhor teria permitido que tivesse os cabelos cortados para perder seu encanto?

Convenhamos...

O arcebispo que escreveu essa história sempre foi muito gentil comigo, mas ultrapassou os limites do razoável com sua poesia de catequese.

Disse que preguei o cristianismo à mulher do governador da região de Marselha e que depois apareci a ela numa visão.

"Se você não persuadir seu marido e fizer com que ele termine com as privações dos santos, terão de enfrentar a ira do Deus todo-poderoso!"

Imagine se eu usaria o nome do Senhor tão futilmente! E ainda para obter favores particulares, pois os referidos santos éramos eu, Maximino, Marta, Lázaro e companhia.

E não parou por aí...

Eu, Maria de Magdala, apóstola dos apóstolos, teria voltado a aparecer à esposa e também ao governador numa visão, querendo que se sentissem culpados por nosso destino.

MADALENA

Como poderia eu imputar culpa em alguém para obter vantagens indevidas?

Isso me colocaria numa galeria de santos abusivos... usurpadores... faria de mim réu confessa do crime de extorsão!

Aí estão, mais uma vez, palavras que atribuíram a mim...

"Tirano nascido na terra do Satanás, como você consegue dormir com essa víbora, sua esposa, que não quis comunicar-lhe minha palavra?"

Se o tivesse feito, mereceria ser condenada por chantagem.

E não teria defesa.

O arcebispo Jacopo continua seu conto dizendo que teria sido por causa da minha ameaça que o governador e sua esposa nos tiraram das ruas. E depois disso, conforme a tal literatura catequética (eu quase ia dizendo caquética), fui desafiada em tudo que sempre acreditei.

"Você pode provar a fé que prega?", teria dito o governador.

E veja que palavras colocaram em minha boca!

"Certamente, pois minha fé é confirmada pelos milagres e pela pregação do meu mestre Pedro, em Roma."

Ora...

Então meu mestre agora chama-se Pedro?

Pedro e eu éramos iguais aos olhos de Jesus!

Já demonstrei que nosso mestre aboliu a diferença entre os gêneros.

A seu modo, é verdade, mas o fez...

Pedro e eu tivemos problemas graves e nos aproximamos um pouco quando percebemos que nunca mais nos veríamos. Mas ele nunca foi meu mestre!

O arcebispo Jacopo inventou tudo isso para dizer que fiz um milagre, que salvei da morte a mulher do governador e seu recém-nascido.

Se queria me canonizar, precisava afirmar que minha força vinha de um homem? E de onde tirou tamanho absurdo?

Minha força sempre veio de dentro de mim, amparada pelo Senhor. Consolidou-se com os ensinamentos do mestre, é verdade. Mas o nome do mestre, todos sabem muito bem, é Jesus.

Fico ainda mais escandalizada quando me recordo de que a literatura do arcebispo menciona "fatos" que muitos séculos antes foram condenados como uma "falsa lenda" pelo príncipe Rabanus Maurus.[85]

No fim das contas, o arcebispo Jacopo enfeitou a história confundindo-a com uma lenda que dizia que eu fui para o deserto das Arábias e lá fiquei isolada do mundo numa caverna.

Escolham, por favor, em que caverna querem me colocar!

Na França ou nas Arábias?

Haja ficção, meu Senhor!

E eu fico aqui tendo que consertar minha história...

Daqui a pouco vão dizer que Maria Madalena não existiu!

Só me faltava essa...

Fizeram isso com o mestre, ganharam rios de dinheiro com livros sensacionalistas que "provaram" sua inexistência.

Não entendo bem aonde quiseram chegar.

Em sua *Lenda áurea* (o próprio título já dizia que era uma lenda), o arcebispo Jacopo disse que eu fui me encontrar com Maximino, e que estava rodeada de anjos.

MADALENA

Veja, não quero aqui soar como ingrata ou eternamente insatisfeita, pois é verdade que às vezes até vejo beleza nas palavras do arcebispo.

"O rosto da senhora brilhava tanto que seria mais fácil olhar os raios do sol do que aquele rosto."

É espiritual...

Foi assim, brilhando, que vimos o mestre ressuscitado. Às vezes em suas roupas terrenas, às vezes em forma de luz.

Depois dessa aparição, segue a lenda, o santo Maximino preparou meu corpo com perfumes e o colocou numa sepultura de mármore branco, determinando, ao lado, o lugar onde seu próprio corpo deveria ser colocado no dia de sua morte.

Conto toda essa história pois foi sobre esse túmulo que construíram a basílica batizada com o nome de Santa Maria Madalena, no vilarejo de Saint-Maximin-la-Sainte-Baume.

São tantos nomes santos sobrepostos ali que até me confundo.

Mas a basílica é aquela mesma onde guardam meu crânio, onde guardam também um recipiente de vidro no qual dizem que há um punhado de areia com o sangue de Cristo que eu coletei aos pés da cruz. A mesma basílica aonde a procissão chegou, rezando por mim, dizendo coisas bonitas sobre mim.

E dizem tantas coisas que às vezes até eu acredito...

Conta-se que meu corpo foi exumado em 1279 pelo rei Carlos II. Conta-se, também, que ele não encontrou minha mandíbula, pois estava em Roma, onde era venerada desde os anos 700. Conta-se ainda que o papa Bonifácio VIII devolveu minha mandíbula para que fosse reunida ao resto do meu crânio.

Onde eu andava com minha cabeça que não me lembro disso?

Naquela mesma época, os bispos que testemunharam a escavação encontraram um pedaço de pele sobre meu crânio e deram a ele o nome de *noli me tangere*. Disseram que foi naquele pedaço da testa que o mestre me tocou depois de sua Ressurreição, dizendo "não me toque".

Mais tarde encontraram meus restos mortais em pelo menos cinco lugares diferentes. Recordo-me do Batista, pobre profeta, com cinco cabeças espalhadas pelo mundo. Recordo-me do pedaço da cruz que Santa Helena encontrou em Jerusalém mais de trezentos anos depois daqueles dias difíceis em que sofremos com nosso mestre. E da pegada de Cristo que dizem estar até hoje no monte das Oliveiras, onde certamente deixamos muitas pegadas e lágrimas.

Lembrar-me de tudo isso me faz sofrer outra vez.

Deixe-me chorar um pouco...

Deixe-me chorar, Senhor, para que minhas lágrimas façam cicatrizar as feridas que ainda guardo em minha cabeça de sonhos... em minhas entranhas de luz.

17

O céu está claro outra vez

Soube recentemente que encontraram mais uma prova da existência da papisa Joana. Uma moeda com seu monograma estampado.[86]

IOHANS.

Os professores são perspicazes!

Esmiúçam detalhes...

Soube também de muitos estudos que foram feitos para demonstrar que por muito tempo as igrejas cristãs tiveram rituais de ordenação para mulheres.

Éramos, ao menos, diaconisas![87]

O Senhor sabe...

Não nos deram o direito de estar no altar celebrando a missa e distribuindo o Corpo de Cristo na Eucaristia. Mas nos permitiram muito mais do que agora, pois na Igreja medieval havia rituais em que os bispos colocavam suas mãos santas sobre a cabeça das mulheres como Jesus fez sobre mim quando me disse o famoso *noli me tangere*.

Colocavam uma estola sobre o pescoço das mulheres religiosas e lhes davam o cálice sagrado para que pudessem provar o sangue de Cristo exatamente como o faziam os homens.

Perdoe-me, Epifânio, mas jamais entendi por que você quis ocultar esses acontecimentos tão importantes para as mulheres.[88] Jamais entendi por que razão você desejou que mulheres não pudessem ser como os padres... que até o fim dos tempos não tivessem o direito de ser sacerdotisas.

E não venham agora dizer que as mulheres que se chamavam diaconisas o faziam de maneira imprópria! Dedicavam suas vidas a propagar os ensinamentos de nosso mestre e não tinham direito sequer ao quinto escalão na hierarquia religiosa?

Convenhamos...

Deram-nos o direito de ser diaconisas e depois o tiraram como quem se arrepende de um enorme equívoco e decide apagar o passado.

A verdade acaba chegando...

Sabemos muito bem que os argumentos para tirar das mulheres o direito ao sacerdócio muitas vezes se basearam em documentos falsificados e distorções da realidade histórica.

O nome disso é misoginia: aversão ao sexo feminino!

O Senhor sabe perfeitamente o quanto lutamos para chegar aonde chegamos. Sabe também o quanto apanhamos na solidão das grutas, no encarceramento de alguns matrimônios abençoados! E o quanto ainda teremos de lutar para tirar o ranço do machismo das chamadas sociedades modernas.

Onde está a modernidade?

E a humanidade, para onde vai?

Sei que Francisco fará algo para mudar esse absurdo! Sei que em seu coração o bom papa gostaria de fazê-lo, mas sei também que há forças diabólicas que o impedem de agir, que o acusam para imobilizá-lo, que o estorvam querendo culpá-lo pelos abomináveis abusos de menores nas sacristias ou seja lá onde for. São essas as forças que jamais permitiriam a uma mulher usar as vestes sagradas, pegar a hóstia em sua mão e colocá-la na boca de um fiel.

Então ainda somos impuras e transgressoras? Devemos ser apedrejadas nas ruas de Jerusalém? Usar perucas e saias longas para não exibir a sensualidade de nossos cabelos e pernas nas ruas de Mea Sharim? Cobrir-nos com burcas para excluir nossas existências do mundo?

Ah, agora podemos dirigir carros nas Arábias!

Ainda há muita gente acreditando em leis da Idade do Bronze que diziam que éramos transgressoras por natureza, que éramos propriedade de maravilhosos seres superiores chamados homens. Suponho que ainda creem que mulheres passam sete dias impuras cada vez que seus úteros agem em plena conformidade com a natureza.

Lavem-nos!

Lavem-nos dos pecados de Eva... dos demônios de Madalena!

Exorcizem-nos!

Lavem-nos de suas mentes sujas!

Livrem-nos de sete ou setenta Belzebus se for preciso...

Mas aceitem a igualdade, pelo amor de Deus!

Recuso-me a acreditar que algum dia o Senhor tenha desejado nos submeter aos desejos dos herdeiros de Adão como se fôssemos suas serventes submissas.

Afastem-nos do pecado original, pois nunca o originamos!

Afastem-nos de criações humanas nascidas em tempos obscuros, quando pensava-se mal até do Senhor, dizendo que era um deus furioso e vingativo.

Ora, meu Deus...

O Senhor concorda com isso?

Atravessei muitos séculos com medo de mostrar meu rosto.

Vivi muitas vidas que não eram minhas. Paguei pecados inexistentes.

E entrei para a história como se fosse uma Madalena Arrependida.

Agora chega...

Apresentei minha defesa da forma mais clara que pude, sem negar a emoção, mas sem usar de falsos artifícios para comovê-lo com o sofrimento terrível que me foi imposto.

Mostrei-lhe a alegria com que vivi ao lado do meu mestre.

Mostrei-lhe o quanto Pedro se esforçou para expulsar-me dos desertos paradisíacos por onde andávamos.

Defendi-me do erro de Gregório da forma mais contundente que pude.

Agora, mesmo que pareça tarde, espero reparação!

Espero ao menos que o Senhor me diga que posso seguir minha jornada em paz para que eu finalmente acredite que valeu a pena enfrentar o que enfrentei. Eu e todas as mulheres, do passado e do presente.

Pois falo também de Priscila, sacerdotisa de Roma. Falo da papisa Joana, assassinada pela fraqueza dos homens.

Todas as diaconisas apagadas da história cristã.

As mulheres que ainda lutam pela igualdade.

Falo de Nádia Murad.

Falo de Maria da Penha também.

Estamos todas de pé!

Falo, falo, falo e faz muito tempo que estou aqui falando sem que o Senhor me diga coisa alguma...

O Senhor me escuta, afinal?

Espere!

Tive a impressão de ouvi-lo falar...

Vejo as nuvens movimentando-se rapidamente.

Escureceu.

Ouço a trovoada.

Espere, não vá embora!

Mande-me algum outro sinal... uma pomba, um corvo, qualquer pássaro.

O Senhor me disse alguma coisa agora?

Alegro-me por sentir sua presença.

Ou é minha cabeça, outra vez?

Entendo finalmente o que o Senhor me diz.

Está ficando tudo mais claro.

Ou é meu coração que está falando?

Entendo que sempre esteve a meu lado.

O sol.

Lembro-me da voz que ouvi no Calvário.

O monte.

Mas e agora?

O arco-íris.

Espere...

Não faça chover de novo, meu Deus!

Estou realmente ouvindo sua voz ou é minha cabeça que se confunde?

Está bem...

Talvez o Senhor queira que eu pare de falar. Não vou parar, não agora!

Mas talvez um dia eu pare.

E muitas outras falarão em meu lugar.

Notas

1. Cântico dos Cânticos 2, 14.
2. Rabanus Maurus, *A vida de Maria Madalena*, versos 60/65; livro histórico, escrito provavelmente no começo do século IX; apesar das liberdades tomadas por Maurus para preencher as lacunas históricas com ficção, tornou-se uma das principais referências sobre a vida de Maria Madalena.
3. Homilia 33, papa Gregório I (São Gregório); in *Forty Gospel Homilies — Gregory The Great*, Cistercian Publications, Kalamazoo, Michigan, EUA, 1990. Tradução para o português feita pelo autor.
4. Idem (Homilia 33).
5. Marcos 16, 9.
6. Idem (Homilia 33).
7. Bula *Ineffabilis Papam*, decretou a Infalibilidade Papal, no Concílio Vaticano, em 1870.
8. Lucas 7, 36-39.
9. Lucas 7, 36-39.
10. Mateus 26, 5-10.
11. *Lenda áurea* (*Legenda Aurea*, em latim), livro muito famoso na Idade Média, no qual o arcebispo de Gênova, Jacopo de Varazze, conta histórias (muitas vezes fictícias) sobre a vida dos santos. Chegou a ser até mesmo mais copiado e impresso do que a Bíblia.
12. Idem (*Lenda áurea*).
13. Marcos 30, 35.

MADALENA

14. Não confundir os cristãos "gnósticos" com os agnósticos, que são pessoas sem conhecimento religioso.

15. Na biblioteca dos livros gnósticos de Nag Hammadi, encontrada em 1945 no Egito, há três cópias com duas versões do chamado *Evangelho Segundo Maria Madalena*: o Evangelho de Maria (escrito em copta, a linguagem dos cristãos do Egito) e o *Evangelho grego de Maria* (escrito em grego, mas provavelmente com origem no Egito ou na Síria).

16. *Evangelho de Maria*, biblioteca de Nag Hammadi.

17. Lucas 8, 1-3.

18. A referência é aos documentos encontrados num jarro em Nag Hammadi, no Egito, na década de 1940.

19. *Evangelho de Tomé*, biblioteca de Nag Hammadi.

20. Idem (Tomé).

21. Idem (Tomé).

22. *O diálogo do Salvador*, biblioteca de Nag Hammadi.

23. Idem (Diálogo).

24. Idem (Diálogo).

25. Idem (Diálogo).

26. Pistis Sophia, *A sabedoria da fé*; Livro I:57.

27. Gênesis 1, 26.

28. Gênesis 7, 2.

29. Alcorão, Sura 2:228.

30. *The Guardian*, reportagem do dia 29 abr. 2015.

31. Pistis Sophia, *A sabedoria da fé*; Livro V:365.

32. Conforme reportagem do jornal *The Guardian*, 29 out. 2014. Disponível em: https://www.theguardian.com/world/2014/oct/28/pope-says-e-volution-and-creation-both-right. Acesso em 30 de outubro de 2024.

33. João 4, 27.

34. Deuteronômio 22, 28.

35. João 11.

36. Idem (João).

37. Lucas 10, 38-42.

38. Idem (Pistis Sophia), Livro I:62.

39. Levítico 15, 19-33.

40. A versão contada aqui é uma entre algumas existentes sobre a morte da papisa Joana.

NOTAS

41. Emmanuel Rohidis, *Papisa Joana: um estudo histórico*; de acordo com a tradução de Charles Hastings Collette. Londres: George Redway, 1886.
42. Idem (Rohidis).
43. Atos 18, 24:28.
44. Romanos 16, 3.
45. Cântico dos Cânticos 1.
46. Homilia 33, papa Gregório I (São Gregório); in *Forty Gospel Homilies — Gregory The Great*, Cistercian Publications; Kalamazoo, Michigan, EUA, 1990. Tradução para o português feita pelo autor.
47. Evangelho de Felipe 63, 30-64, 9, biblioteca de Nag Hammadi.
48. Simcha Jacopovici e Charles Pellegrino, *The Jesus Family Thomb*.
49. Papiro "The Gospel of Jesus's Wife", in *Jesus said to them, "My wife..." A New Coptic Papyrus Fragment*; Karen L. King; Harvard University; The President and Fellows of Harvard College.
50. Idem (papiro).
51. Clement of Alexandria, *Stromateis* (in Harvard, Karen King).
52. Referência ao que Pôncio Pilatos diz em João 19, 22 e 18, 38.
53. Trecho de "Lascia Ch'io Pianga", ária da ópera *Rinaldo*, de Georg Friedrich Händel.
54. Idem (Händel).
55. Idem (Pistis Sophia), Livro II:161.
56. Idem (Pistis Sophia), Livro II:161.
57. Marcos 9, 35.
58. Levítico 1; nesse trecho do Antigo Testamento estão as regras para oferta de animais a Javé no Templo de Jerusalém.
59. Maurus, versos 1.030/35.
60. Lucas 23, 27-28.
61. Maurus, verso 1.086.
62. Maurus, versos 1.090/95.
63. João 20, 11-18.
64. Idem (João).
65. Idem (João).
66. *The Second Discourse of the Great Seth*, biblioteca de Nag Hammadi.
67. *Atos de João*, biblioteca de Nag Hammadi.
68. Idem (*Atos de João*).
69. Lucas 24, 18-24.
70. Idem (Lucas).

MADALENA

71. Idem (Lucas).
72. Lucas 24, 25-26.
73. Lucas 24, 28-31.
74. "Credo Apostólico", in *Documents of the Christian Church*, Henry Betterson e Chris Maunder, Oxford University Press, 1943; a afirmação de que a Ressurreição se deu na carne não é mais explicitada no Credo aprovado pelo Concílio de Niceia, no ano 325.
75. Lucas 24, 32-37.
76. Idem (João).
77. Idem (*Great Seth*).
78. Lucas 24, 9-12.
79. João 20, 25.
80. Atos 1, 7-8.
81. Atos 12, 1-3.
82. Flávio Josefo, *Antiguidades judaicas*, livro 20, cap. 9.1.
83. Atos de Pedro.
84. Idem (*Lenda áurea*).
85. Idem (Rabanus Maurus); versos 2.300/2.326.
86. Estudo da Universidade Flinders, Austrália; *Archeology, College of Humanities Arts and Social Sciences*, Michael E. Habicht, 2018.
87. Gary Macy, *The Hidden History of Women's Ordination*, p. 7 (e em grande parte esse é o argumento do livro).
88. Idem (Gary Macy), p. 8.

Agradecimento póstumo

Aproveito este tempo oportuno, em que as mulheres estão lutando e começando a vencer a luta contra o machismo endêmico, arcaico e perpetuador de desigualdades, para fazer uma necessária homenagem à minha avó Lélia Gomes do Nascimento, mãe de minha mãe. Na adolescência, esperava que seu pai dormisse para ler à luz de velas fechada em seu quarto. Meu bisavô machista a proibiu não só de ler, mas também de concluir os estudos. O patriarca brasileiro nascido no século XIX julgava que uma mulher não precisava de conhecimento. Oprimida, mas inconformada, minha avó leu a maior parte dos clássicos da literatura brasileira e mundial. Foi autodidata, uma das pessoas mais cultas que conheci. Foi ela que me apresentou os grandes autores brasileiros e com ela começou a nascer meu amor pelos livros. Obrigado, vó Lélia!

Rodrigo Alvarez

Sumário

Apresentação	7
Capítulo 1: Resolvi contar minha história	9
Capítulo 2: Santos também cometem erros gravíssimos	19
Capítulo 3: Minha vida, antes que tudo mudasse	24
Capítulo 4: Meu evangelho	27
Capítulo 5: Nosso primeiro encontro	34
Capítulo 6: Quando vimos o Eterno	43
Capítulo 7: Reflito sobre todas as coisas do Universo	47
Capítulo 8: As sete discípulas e nossas impurezas	54
Capítulo 9: A gravidez do papa	62
Capítulo 10: Para acabar com as dúvidas sobre nossa vida privada	66
Capítulo 11: Nossa última caminhada juntos	73
Capítulo 12: Nosso primeiro adeus	80
Capítulo 13: Nosso reencontro iluminado	87
Capítulo 14: O dia em que meu mestre subiu aos céus	96
Capítulo 15: O que foi feito de nós	100
Capítulo 16: Meus últimos dias sobre o mar e a terra	107
Capítulo 17: O céu está claro outra vez	114
Notas	121
Agradecimento póstumo	125

Este livro foi composto na tipografia Minion Pro,
em corpo 11,5/16, e impresso em
papel off-white no Sistema Cameron da
Divisão Gráfica da Distribuidora Record.